飞鸟和池鱼

张惠雯——著

北京出版集团
北京十月文艺出版社

临渊写作

——张惠雯小说集《飞鸟和池鱼》前言

宋明炜

张惠雯是我们时代一位难得的短篇小说作家。写得好短篇的作家有很多，但大多数人是在写长篇之余写短篇，像艾丽丝·门罗（Alice Munro）所批评的那样，“把玩短篇时日既久，终将还是要写一部长篇出来”。但对专爱写短篇小说的作家来说，它是独立独特、有自己美感的艺术形式，而不是依偎在“小说”（novel）这个文体巨人身旁的小姊妹小兄弟。

在中文语境中，小说这一短一长两种形式的区别，更加意味深长。现代小说形式的概念最初进入中国，到五四初具规模，如胡适说："西方的'短篇小说'（英文叫做short story）在文学上有一定的范围，有特别的性质，不是单靠篇幅不长便可称为'短篇小说'的。"胡适一百年前说这话时，同一期《新青年》便刊登了《狂人日记》，一年以后鲁迅的《孔乙己》发表，这怀乡或怀旧的写法，影响了后来许多小说家。但是现代文学史上占主导地位的写实主义长篇小说（novel），在中国兴起乃至蔚为大观，终以"主体成长"和"国族历史"的现代性命题作为内驱力，构建起中国现代文学呼应政治意识形态和文化使命的史诗传统。胡适推崇短篇小说的优点，把它与抒情诗和独幕剧并举的用心，却很少被人意识到。捷克汉学家普实克（Jaroslav Průšek）和受他影响的李欧梵在五四一代浪漫和颓废的作家身上发现抒情和主观主义，以及追求个体自由的美学冒险，有趣的是，这些作家大多是抒情诗和短篇小说作者。大时代潮涨潮落，在20世纪文学主潮中，有的作家和知识分子被迫或主动做了零余者、旁观者，即便不能从时代喧哗中抽身出来，也在自身隐匿的缝隙里看见了时代的暗影，继而转向内面的丰富与痛苦。这也即是王德威探讨20世纪中期现代知识分子的命运抉择时提出的"史诗时代的抒情声音”：在时代喧嚣面前，有心人反其道而行，召唤“抒情传统”，由个人根据内心的抉择，彰显不同于时代主题的伦理和艺术承担。

张惠雯写短篇小说，是在21世纪的今天，且身处中国大陆以外。“今夕何夕”，今天是什么样的时代，这样大的题目也许是要留待后人才能说清楚的。我读张惠雯的作品，或许因为经验境遇的相似，很多时候感同身受。去年我在一篇评论文章中着意说了一些，通过解读张惠雯作品中自觉的伦理与诗学追求，称赞她是当代少见的一位有古典主义气质，却仍对现代人物心理洞若观火的作家，她最令人敬佩的是，往往能够正面写出时代中缺席的美感和美德，在人物身上建立伦理勇气，但这样做时并不止于高蹈，而是在文字中诚恳而平实地拓开批评的空间。姑且引用去年我写过的话，因为也适用于描述这本书里的作品：

在无论多么凄凉、卑微、阴暗、邋遢的环境与人心里，她仍能发现或者想象“善”或“向善”的倾向，在此基础上小说达到升华在庸常生活之上的“美”的境界，这使她的小说往往具有均匀、平衡、精心构造以烘托关键一瞬的结构，以此对应伦理学意义上自由、幸福给人的内部和外部生活带来的和谐。这种“和谐”的难能可贵，在于它在主流话语之外，是发自于作为自由、有自主意识和选择能力的个人，与之相反的是大多数文学作品呈现给当代读者的那种种缺少意志力、没有勇气选择、以失败为娱乐、以理想坍塌为借口而变得犬儒的庸常世相。

《读张惠雯作品所想到：伦理自由，小说艺术，与均衡的结构》，《文学》2019年春夏卷

这以上所说的，针对的是张惠雯在2018年之前的作品。张惠雯在新加坡留学期间开始发表作品，此后从新加坡迁居美国南方，两年前来到美国东北的新英格兰，在本书刊行之前，已经出版了四部作品集：《两次相遇》（2013）、《一瞬的光线、色彩和阴影》（2015）、非虚构自传作品《惘然少年时》（2017）和她写美国南方生活

的小说集《在南方》（2018）。这一次她最新结集、编订的新书《飞鸟和池鱼》，所收入的十篇作品，都是她来到“北方”之后在这最近两年的新作；但与她另一组写华人移民在美国北方生活的新作如《雪从南方来》《双份儿》《玫瑰、玫瑰》不同，这本《飞鸟和池鱼》所写的都是回到中国、重返故乡的故事。与此前的作品相比，这一册里的故事更黯淡些，也更尖锐地表达出时代带给我们的失落感。这些故事中并没有重大事件带来的深渊一般的感受，但种种挥之不去的压抑、失落和悲哀的心情，提示着深渊的存在。

读张惠雯在最近两年里写的这些小说，让我不止一次想到鲁迅的《彷徨》。这些作品都使用了第一人称，十篇中至少有九篇包含“还乡”的主题：主人公从外国回到故乡（《昨天》《良夜》《天使》《街头小景》），从外地回到故乡（《飞鸟和池鱼》），从“现在”回到一个记忆中有着特殊意义的地点（《涟漪》《关于南京的回忆》），回到记忆中的童年场景（《寻找少红》），抑或感受一种离开故乡之后的命运（《临渊》）。以张惠雯作为海外华人作家的身份，这些作品也都可以看作是关于

“本乡本土”的故事。但张惠雯写还乡者的经历和心情，并没有因为这样的语境，就格外表达出一种“思乡病”。恰恰相反，这本书中的人物，已经回到故乡、身在故乡，对故乡却抱有颇为复杂的心情；其中一位主人公把这种心情明确说了出来：

> 我就像契诃夫小说里描述的一百多年前的人，从彼得堡或是莫斯科回到自己外省小城的家乡，对一切陋习不满，变得愤世嫉俗起来。
>
> 《街头小景》

这一番自白，除了让人想到19世纪俄国“知识分子”（intelligentsia这个词汇最初指涉的人群），更呼应着鲁迅以来的中国现代小说家的原乡想象。从《故乡》到《祝福》《在酒楼上》，鲁迅笔下的还乡者并不能找到记忆中的故乡，往往是“风景凄清，懒散和怀旧的心情联结起来”。现代文学的主导叙事是青年离开家乡，寻求理想的世界，这构成大部分长篇小说的主题；但如果用短篇小说的形式写“还乡”的故事，则直到一百年以后，鲁迅写过的感受还在那里。写青年的理想失落、梦的破灭、爱情的一去不复返，社会种种恶相鄙陋的难以破除，则从旧俄到民国、到21世纪跨洋的还乡故事，都还在重复同一个失落故乡的主题。

从米兰·昆德拉到爱德华·萨义德，这些20世纪下半叶的批判知识分子，对于背井离乡这种人类的古老经验，提出新的反思。离乡意味着安逸和归属的终结，在两次世界大战、冷战、殖民秩序解体、全球化过程中不断被迫或是自愿离开家乡的作家、艺术家和知识分子，“无法回到更早、更稳定的安适自在的状态，而且更可悲的是，永远也无法完全抵达、无法与新的家园或境遇融为一体”（萨义德《知识分子论》）。他们不再能安然自信地亲近任何有形或无形的精神慰藉，无论意识形态还是宗教皈依。他们中间的优秀人物（如作家拉什迪、昆德拉和思想家阿多诺、萨义德）获得抗拒任何“归属”的批判力量，能够不断瓦解外部世界和知识生活中的种种“恒常”与“本质”。组成自我和世界的元素从存在的境遇中获得解放，仿佛古代犹太人的先知能在荒漠中看出神示的奇迹，当代的离乡者们在抽空了“本质”的历史经验中探求事物的真相。离乡，变成一个批判者的条件和姿态；这当然也是在20世纪初就选择背井离乡的鲁迅审视故乡时候的态度。

但张惠雯的还乡者故事，还有她自己钟爱的一个主题，这就是：两次相遇。《两次相遇》是张惠雯此前的一篇小说，通过一个男性视角来讲述从海外“还乡”的故事，主人公在一个过去爱恋的女性人物身上寄托了超凡脱俗的“美”的理想，但经过了主人公缺席的、小说并没有直接叙述的发生在故乡的时代故事，世事变迁，物是人非，这个纯美的境界不可复得了。这样一个故事才包含了“怀乡”的全部隐秘。“怀乡”（希腊语中的nostalgia）的原意是“失去”——失去故乡，失去童年，失去挚爱；而米兰·昆德拉解释，在浪漫的捷克语、西班牙语和精确的德语中，它的引申意义还包括“对于失去之物（比如初恋）的迷恋”、“由于对某种事物的无知而痛苦”和更为单纯的“挚爱”和“向往”。“还乡”者，即便在故乡还会继续失去，但唯有意识到了这种失去，才使“怀乡”变得真实。对于钟爱写“两次相遇”故事的作家张惠雯，第二次相逢只会让人确认失去的痛楚，但唯有从这种感受生发去讲述这个重逢的故事，才能在眼前的凄凉景象之上让过去的韶光重现。“两次相遇”中真正第二次重见所爱，其实发生在回忆和讲述之中，在此打开的是文学想象的异托邦。唯有这文学能照亮鲜活如常的记忆，让人物面对满目疮痍的现实，重聚情感和伦理的勇气，继续过一种或许不妥协的生活。

这本书里的《昨天》《良夜》《天使》都像是《两次相遇》的变奏故事，而尤其以《昨天》是更进一步的成功之作。这篇新的小说里，女主人公除了美，还让叙事者记忆着“她的背影充满了对她所遭遇的不公、对身后这个势利之徒和一群无聊围观者的轻蔑”。许多年后的重逢，并不意味着重新找到如初的她，“而和她在黑暗里走在一起的短短一瞬间，那个初冬早晨的感觉又会在心里全然苏醒过来，生动、清晰、熟悉得令人悲伤，连气味儿都不曾改变……”有这样重现的时光，印证了小说引用的契诃夫的话：“大卫王有一个戒指，上面刻着几个字：‘一切都会过去。’……要是我有心给自己定做一个戒指，我就会选这样一句话来刻在我的戒指上：‘任何事情都不会过去。’”

此外，这本集子里类似的灵光一现很多，如童年的“我”意识到“少红”是二爷想象出来的，在他那卑微、荒唐却善良和甜蜜的梦里（《寻找少红》）；“我”记忆中那个在南京遇到的如“真实而珍稀的光”碰巧照亮了“我”的年轻男人（《关于南京的记忆》）；那个偷情的“我”所曾经历的内心“那一波波的涟漪、他被一个细微事物突然牵动而产生的痛楚”（《涟漪》）；那个回乡奔丧的“我”，与中学爱恋的对象之间发生的爱欲经验，激发出“从未有过的欢愉在我的灰暗生活中突然爆发出了夺目的光和灼人的热”，继而从破损的旧家，透过时光看到昔日的新餐桌“仿佛处在所有光亮的中央，那个时刻、那一餐饭仿佛是我们家饱足、安适、幸福、亲密的往昔的象征”（《天使》）。所有过去的美好时光，在“两次重逢”有关“昨天”的记忆和讲述中，重新都活过来。

这种讲故事的艺术，在《临渊》这篇小说中更加明显。张惠雯的这个故事，像乔伊斯《都柏林人》中的故事，死去了的人和已经改变的人，对说故事和听故事的人来说，还可以是另一个样子。死去的还可以在另一个地方活着，改变的还可以保留那最初的情感。“临渊”垂钓的老人，一定要对陌生人讲自己“已故”女儿还在美国好好活着的故事，而“我”也只有对这老人，才无心讲得出埋藏在心底的情爱，把记忆里凌乱的事实剪辑成一个还说得过去的美满故事。只有事后才知道：

> 当一个人仿佛悬浮着，当你漂在无论是语言、幻想还是现实喧闹、惯性的浮沫上，即使你下面是生活的整个深渊，那种载浮载沉、置身事外的感觉也能让你多多少少感到解脱。我想，他煞有介事地给我讲了一个死者的事，讲得仿佛她是个活着的人，而我呢，我给他讲的故事则完全是虚构。我们两清了。

面对一个不断“失去”的时代，张惠雯讲述“两次相遇”的故事，让失去的在文字中重新活过来，她是否也可以对我们的时代说“我们两清了”？至少在这些故事里，小说，就是临渊写作。

2020年12月25日

马萨诸塞州威尔斯利镇

目录

001　飞鸟和池鱼
023　寻找少红
048　昨　天
079　良　夜
111　涟　漪
138　街头小景
162　临　渊
191　对　峙
220　天　使
248　关于南京的回忆

飞鸟和池鱼

1

那天，她终于愿意出门了。我们开车去我姑姑家吃饭。那天一早刮起了风。我醒来、还未起床时，听到楼下树枝碰撞、树叶“簌簌”干落的声音，这种风声我很久没有听过，让我想起很多年前的初冬的光景。

她出门时穿着件大红色的毛衣，脸上还扑了一点儿粉。她看起来和突然而来的好天气一样，很鲜亮。这说明她确实想出去。上次她愿意让我带她出门大概是在三四周前。然后，在几周的时间里，她就待在这栋不足八十平方米的房子里，连楼也不愿下。她待在家，摆弄她的旧东西，想她自己的事。我出门一趟回到家里，她仍然穿着睡衣睡裤，和我早上看见她的时候一样。有时候，我问她在家都想些什么样的事。她惊讶地看了我一眼，说："什么事儿都有啊，太多事了，还有你没有出生以前的事……哎呀，我的脑子里塞得太满，想不清楚的地方我又喜欢一直想下去，弄得我头疼。"

我们出门，天空浅蓝，高远，前些天的阴霾、闷燥突然间消散了。我开着父亲留下的那辆白色海马小轿车。这辆车十年了，我父亲开了将近八年。以往我每次回家，他都会开着这辆车去火车站接我。然后他走了。他离世以后，我以为悲伤会慢慢弥合，生活会逐渐恢复平静，尽管对我母亲来说，它肯定更为孤独，而对我来说，它肯定更为无助……但另一件事发生了，生活完全变了样。

她坐在副驾驶座，看着车窗外。她因为要看什么东西而夸张地变换着坐姿，一会儿把头缩下去，一会儿使劲儿往外伸。如果不是头发几乎全白了，她那样子就像个幼稚的孩子。生活完全变样了，我指的就是这个：她变成了一个孩子。而我变成了她的什么呢？我得像对待孩子一样小心而耐心地对待她、密切留意她的一举一动。我们两个倒换了角色：前三十年，我是她的孩子。现在，她是我的孩子。

想到这一点，我就觉得生活很荒唐。从小学开始，我所有的努力似乎都指向一个目标：离开这个地方，到更好、更广阔的地方去。而我确实做到了。我在广州读书、生活了将近十年。即便我父亲离世，我的人生轨迹看起来也不会有什么改变。但某一天，姑姑突然给我打了个电话。于是，我不得不迅速辞掉我的工作，离开那个“更好、更广阔的地方”，回到这个小地方，就像我不曾走过，就像过去的那些年，我付出的努力、得到的一切不过是徒劳地转了一个圆圈，最后，起点和终点重叠在一起。不知道在我父亲去世后的一年多里发生了什么，她在电话里从没有提起她心里的那些变化。有天晚上，她突发奇想地爬到我们住的那栋楼的顶端，在靠近生与死边界的地方来回走动。下面，越来越多的人在围观。不是，她不是想自杀，她说她那天就是觉得会有很危险的事情发生，所以她躲到楼顶去了。

她生病了，一种奇怪的病。她需要持续接受精神治疗，他们说。她随时会做出无法控制的行为，她身边需要人全天陪护，他们说，除非……但我不可能把她丢进精神病院，我是她唯一的儿子。不犯病的时候，她差不多是个正常人。她对我说，我回家后她觉得自己已经好了。她说过去她常常睡不着，总是有人在门外、窗外弄出动静，他们还想到屋里来。现在，他们消停了，很少再折腾。“他们是谁？”我问她。“不知道，”她烦恼地说，“说不定是你爸那个死鬼派来的。要命啊，我昨天还梦见你姥爷了。他在梦里还吓我，就像他刚去世那会儿。他刚去世那会儿，一直给我托梦，在梦里，他总是吓我，我吓得晚上不敢睡。”“那是你几岁的时候？”我问她。“十来岁的时候。他在梦里一会儿变一个脸……”

我把她的床和我的床挪到紧贴着墙壁的位置，夜里，我和她只有一墙之隔。我让她不要锁她的卧室门，留一盏台灯，如果害怕就立即叫我。睡意蒙眬中，我时而听到她在房间里来回走动的声音，还有她哼哼唧唧的含混的自语。我挣扎着让自己清醒过来，敲敲墙问她怎么了。她在墙那边回答：“没事儿，就是睡不着。”我自己的房间里也整夜留着一盏台灯。我渐渐习惯了在灯光里入睡，改掉一个人时裸睡的习惯，穿着整齐的睡衣睡裤，以便随时起床。我的房门也和她的一样不上锁，方便她随时走进来。我知道她仍然睡不好，她日益倦怠，不再出门。除了那些声音、梦、古怪的念头、久远的记忆，她似乎对什么都失去了兴趣。我不得不出去的时候，她反锁上门，在家里等我回来。其实，我和她一样不喜欢出门，在这个小地方，到处都是熟人，谁都没有秘密可言。那些殷勤的询问和廉价的同情令人生厌，他们脸上分明赤裸裸地写着：他妈妈是个疯子！

一切都停顿在这个点，一切陷入困局，她的心智、我的生活，全都卡在这里。但就现在的局面而言，静止、凝滞反倒是让人安心的，而一切的变化、前进可能都预示着危险。

2

我姑父身材高大、肥胖，因为过于庞大的身躯、浑浊的嗓音，以及脖子上厚厚的肉褶子，他显得有点儿凶狠。

但他其实是个温厚、容易动感情的人。午饭是他做的，特别做了她喜欢的老鸭萝卜汤，但她吃得心不在焉，汤也只是喝了半碗。有时候，姑姑、姑父问她一句什么，她要过几秒钟才回过神，才明白他们是在对她说话。她的眼神说明她不情愿和人交流，她人已不在此地，正神游于另一个世界。我们和她说话，只是要把她从那个世界里唤回来的徒劳的努力。

午饭后，我姑姑在阳台封闭起来改造而成的厨房里洗碗。她到卧室的床上躺下休息（她虽然严重失眠却很容易疲倦），我和姑父坐在客厅的沙发上说话。姑父穿着一件起球起得厉害的旧毛衣，让他看起来像头毛茸茸的熊。他眉头紧锁地抽着烟，一圈圈烟雾聚拢、漾开，像空气里的青灰色涟漪，然后它们慢慢伸直、攀升，在接近天花板的地方消散。

“今天天气真好。”我说。

“嗯。”姑父应了一声，仿佛在想事情。

随后，我说起让姑父帮我留意一下有没有人想买旧车。

“你要卖车？你这辆车根本值不了几个钱儿。”姑父说。

“给钱就卖。其实也用不着，还得出保险啊、养路费什么的。”我说。

“钱上有困难？”他问。

“暂时没有。”

姑父沉默了一会儿，随后站起来说他去拿点儿东西。他回来时塞给我一个信封。“五千块钱，我早就取好放着呢。”我推脱不要，说不缺钱。他用不容置疑的口气说：“你拿着，别说其他了。”

事实上，因为那些昂贵的药，我父母的存款、我自己工作这些年的积蓄都在飞速消减，我们处在坐吃山空的危险境地。她需要那些药，据说，它们能避免她坠入更深的抑郁、疯狂，同时，她也需要我，那么我需要一个使我尽量不必外出就能挣钱的方法。考虑了各种可能后，剩下的选择就是开一个微店。我在微店里卖这里的土特产：胡辣汤汤料，芝麻油，真空包装的卤牛肉、烧鸡……有时候，一天里我会接到几个单，有些还是朋友们出于同情下的单。有时候，几天里也没有一个单，而某个挑剔顾客的差评能立即毁了你努力很久建立起来的信誉。这方法根本无法维持我们的生活。后来，我又和朋友合伙投资了一家加盟奶茶店，说好我不参与管理，只是抽少量利润。有天，我偶尔经过那家奶茶店，看到我们雇用的那个小姑娘趴在柜台上睡着了，她身后站着我们雇用的那个男孩子，他斜靠在放机器的台子上，正面带微笑地、沉迷地玩儿着手机。我默默地走出店里，竟然没觉得气恼。我只是羡慕他们。

我收下了那个信封，对姑父说以后有钱的时候再还给他。过后，我姑姑才走过来加入我们。她没有提钱的事，但我想，这是他们俩商量好的计划。只是为了保护我的自尊心，她扮演了那个什么都不知道的人，而我姑父则装作这件事根本没有发生。我从姑姑看我的眼神里感觉到她对我的怜悯，那是真正的、带着疼痛的怜悯，这怜悯让她双眼湿润。她那双在日常劳作里变得粗糙的、红通通的手放在她还没有解下来的围裙上，看起来有点儿不知所措。我想，她心里一定在叹息：可怜的孩子，命苦的孩子……她只是不敢再用她惯有的悲哀语调说出来，她说出来会惹得我不高兴，姑父会因此斥责她。我的痛苦、我的困境，这都是我的隐私，我并不希望从别人嘴里听到它。

大概过了四十分钟，她从卧室里走出来，脸上带着迷茫又有点儿惊恐的表情："我刚才竟然睡着了。我一醒来，吓坏了，床啊，屋子里的东西啊，都不认识！我这是在哪儿啊？现在才缓过神。”

午后的光线透过窗帘中间拉开的缝隙，斜照在地板上，那片光在离她脚下不远的地方变细了，暗淡了，消失了。在窗玻璃的外面，贴着一只冻僵的、等待死亡的黑苍蝇。我看看她，什么都没有说。她真的病了，看起来就像个午睡醒来、受了噩梦折磨的小孩子，懦弱、可怜。我感到一股剧烈的心酸，站起来去了厕所。我想，很久以前，我就是那个午睡醒来、做了噩梦的小孩儿啊，我心情恶劣，会哭着找到她，她会把我搂在怀里，安慰我，我就又觉得这世界温暖、安全了。现在，她却不能告诉我她做了什么样的梦，到底是什么在反复地折磨着她。当然，这不能怪她，这是疾病，她自己也理解不了。她的精神世界里住着一群失控的小恶魔，它们就像夜色中的蝙蝠一样诡异地、阴险地扑飞。

这是疾病——在绝望让我心情阴郁的时候，我每次都是这么安慰自己——那么，也许会有好的一天。我只需要一次次带她去看那个板着脸的、坚决不给出答案的医生，一次次去开那些药……我要从这些机械性的行为里找到一点儿希望，哪怕是微乎其微的希望。

3

“天真好啊，”回来的路上，她说，“你看见那一大片云了吗？看见了没有？像不像一只大鸟？”

我朝她看的地方看过去，惊讶于她的描述多么准确。那块云的确像一只大鸟，一只翩然飞翔的鸟。它的翅膀展开，身体舒展，长长的脖颈向前伸着，絮絮的云就像它被风吹乱的柔软的羽毛。

我发现她把车窗打开了一条缝，她的额头和眼睛露在外面，下半部的脸贴在车窗玻璃上。干瘦、像孩子般失去女性性征的她看起来像极了一只鸟，一只白头、红身子的鸟。我想，如果我把她想象成一只飞鸟，一只我养护过的鸟，那么她想要飞走、随时可能飞走的念头或许不会那样折磨我。

我们可能很快就会失去这辆车，人们只需要给我一万块钱，我就打算把它卖掉。想到这个，我对车又心生眷恋。它是我父亲的遗物。我开着这辆车，就足以唤回父亲在世时那些生活的回忆，就足以制造某种瞬间的幻觉：生活还是像过去那样——一个无忧的生活世界，一个少年人的生活世界……但和车相关的一切费用对现在的我们来说都成了没有必要的沉重负担。想要卖车这件事，我从没有问过她的意见。不知道她会极力反对，还是对此根本就不关心。现在，无论是钱，还是冰箱里的食物，还是饭菜，这些东西仿佛都不在她的关注范围内。她似乎在思考更深邃、更邈远的事物，眼神里经常透出有所发现的惊异和极力保存秘密的闪避。

有意思的是，在她患病以后，她在偷偷地写日记，也许，不能说是日记，只是随便写点儿什么，记录在一个本子上。如果她觉得被我发现了，她就把“日记本”藏在某个地方。但她总是忘记她自己藏它的地方，为了寻找它而把整个卧室翻腾一遍，最后，通常是我帮她找到的。我偷偷翻看它，那些文字就是那些诡异、阴险的蝙蝠从她意识里群飞而过的痕迹。那里面充满了我听不到的声音、我所不知道的陌生来客以及我父亲这个鬼魂对她的秘密拜会、挤在窗户上面的朝她窥视的小脸儿、站在雨地里的淋得精湿的透明人……我发现，好几次，她混淆了我和父亲的鬼魂。她把父亲也称作“小亮”。我很害怕她有天会真的把我当成父亲。还好，到目前为止，在现实生活里，她还没有犯这样的错误。

我看着这些句子，它们来自失序的意识的深渊，却具有某种毒药般的诡丽。我不能看太久，否则我觉得自己也会被这股黑暗的旋涡或是潜流卷到另一个世界里去。我对医生提起这些，他说："这很好，对她来说是一种纾解。"他要我把我能记住的内容记下来，治疗时向他汇报。我受命去做这个我自己觉得其实是徒劳无益的工作，我必须不带感情地去做，抵制这些自深不可测的黑暗中飞来的句子、形象对我的侵蚀。

显然，她对她写的这些深信不疑，但她平常并不和我说起这些，大概她觉得我既不会相信也不想听她说。这也是好的征兆，说明她仍在极力控制自己，她对说话的对象还存有判断。总之，她爱"小亮"却不信任他。

"我们去公园吧。"她这时说。

我感到惊讶，但立即听从了。她愿意出去走走，对我来说这就是让人振奋的消息。

她说的"公园"其实只是一个有一点儿绿化的群众活动广场。广场中央有个很小很小的水池，水池中间竖着一扇冒充假山的石头，这块石头上非常可笑地刻着三个字：鱼之乐。原因是池子里养着几条鱼。这些鱼总是反复被人弄死，或者自己在污秽的环境中死去，所以总是会有几天，池子是空的，接着又来了一批鱼，几条注定死去的、孤独的鱼。

她喜欢提起“公园”，总会说起她年轻的时候，这里是工会大院儿。那时候流行跳交谊舞，她经常在工会大院儿里跳舞，就是在跳舞场上遇到了我父亲。我父亲那时候刚刚当兵转业回来，是跳舞场上最高最帅的男人，每个女人都想和他跳舞。

我把车开到“公园”。心想，有一辆车能随时带她到她想去的地方也挺好的，如果她想去郊区呢？想去乡下呢？我可以带她去农家乐，让她呼吸更新鲜的空气。我应该强迫她出去，想更多可以调剂我们俩生活的计划……

公园里闲逛的人很少，因为今天不是周末，时间也不是下班后。只有几个老人，在池塘边坐着。有一个抽完了烟，就顺手把烟头丢进水里。她昂首挺胸地从那几个颓丧、邋遢的老人面前走过，和她在家里时有气无力的样子判若两人。我惊讶地看着她，心想，她大概正在心里重温跳舞场的往事。她看起来像在寻找着什么地方，不时停一下，然后又目标明确地走起来。我走到池塘边去。今天这里竟然有几条鱼，有一些沉在水底，就像死了一样，有两条木然地在漂浮着烟头和塑料袋的池子里游动。

“不要往池子里扔烟头，那边不是有垃圾桶吗？”我突然心烦起来，对刚才那个丢烟头的老人说。

他看了我一眼，我瞪视着他。他有点儿胆怯了，站起来走了。

看他笨拙地把三轮车推到街上，又笨拙地爬上车座，我有点儿后悔。我这算是得了胜利吗？我不知道。我肯定想和谁打一架，但对象绝不应该是这个衰颓的老人。我掉过头去看池子里那几条半死不活的新放进来的鱼。它们本来可以生活在河流里、海洋里。什么人把它们捞起来、扔进了这个狭小、污秽的地方。没有人管它们的死活、它们的自由。之后，它们就会一直在这里，直到窒息死去。

我看见她朝我走过来，她的步态、身姿都仿佛是一个走在音乐里的、随时准备跳舞的人。不知道为什么，我想起《闻香识女人》里阿尔·帕西诺饰演的盲眼上校和酒店大堂里遇见的那个女孩儿跳探戈的那一段。我想，我如果会跳她所说的那种“交谊舞”，在这里陪她跳一段，她一定会非常开心，过去那些快乐的时光会在她心里复苏……一个白发的、濒临疯狂的老年女人，一个即将步入中年的、茫然无措的年轻人，这样的画面里倒是有更多令人绝望的悲伤。可惜我完全不会跳舞，我跳起来会像个螃蟹一样。这样的想象让我想笑。无论如何，她昂然的步子、颜色鲜艳的衣服使她变成了一个有气质的小老太太，把那几个乡气的老人的目光吸引过去。我朝他们看过去，他们就都把目光转开了。

“池子里还有鱼啊？”她像个孩子一样大惊小怪地喊叫，她的嗓音也是那种女孩子一般的尖声尖气。大概有什么东西在她意识里苏醒过来，强烈地刺激着她，让她的脸颊也变红了。她忘了她是谁，孩子气地拍了一下手。

显然，看到鱼对她来说是惊喜。而我宁可池子永远是空的。

4

在我小时候，傍晚是一天里最好的时候，宁静、肃穆，天空中常常铺满霞光，那奇异的光色会映照在房舍的窗户上、街道的柏油路面上，还有路边那些大树的枝丫上。而现在的傍晚是一天中最嘈杂、混乱、污浊的时候，废气下沉，各种噪声在带臭味儿的空气里似乎都被放大了，所有的人和车拥堵成无数个死结。我们回家时，小城里的南北大道在大堵车，自行车、机动三轮车、电动车在车辆缝隙里钻来钻去，铃声、人声、喇叭声响成一片。天空变灰了，空中也没有了样子像飞鸟的云。

坐在车里，她默不作声。我看看她，她的身形仿佛变小了，仿佛外面这个嘈杂、混乱的黄昏景象碾压着她，令她畏缩。我试图和她聊天，而她只是敷衍地回答。后来，我什么也不想说了。我们俩就那样坐在无法向前行驶的车里，被窗外肮脏、嘈杂的一切围堵、阻碍，听天由命。她的身子在座位上往下滑得很厉害，人变得更小。她从刚才那副回光返照般的少女的怪模样变回了本来的样子：一个衰弱的、神经质的、惊惧的可怜老太太。那件她精心挑选的红毛衣，早上还令她很有光彩，现在看起来像一件极不相配的、可笑的戏服，而她像个头发凌乱的侏儒被罩在其中。每天的这个时候，我的无力感、绝望都比其他时候更强烈，我对我父亲的想念也比其他时候都强烈。我的生活被他的离去分割成了两半，就像黎明或是黄昏时候的街道两边，一边是阳光，一边是阴影。只是，发光的那面如今像是虚幻的，阴影却是浓重的、实实在在的，能顷刻把人吞噬掉。

我们终于挨到了家。我去厨房里做晚饭。她跟过来，说她要帮忙，但我像平时一样严厉地拒绝了，让她去房间歇着，等我做好叫她。她离开以后，我找到那把钥匙，打开橱柜上那个抽屉，拿出平时锁在里面的刀具……我实在太累了，决定只煮一些冷冻水饺，切一点儿葱花、香菜做个水饺汤。在我叫她吃饭之前，我把刀洗干净、擦干，再锁进那个抽屉里。

她的胃口好像不错，吃了十二个饺子，往汤里加了更多醋。

“酸汤水饺。”她对我说，冲我笑了一下，“你小时候发烧，吃什么都吃不下，就是爱吃酸汤面叶，要放很多番茄，很多醋，面叶要吃我手擀的。”

“我记得。”我说，“吃别的都会吐，只有这个开胃。”

过一会儿，她有点儿讨好地看着我，问：“吃完饭可以去阳台上看看吗？”

“不行。”我说。

临睡前，我确认大门和通往阳台上的门都锁好了。阳台上的门是我回家以后新装上的，本来，厨房是直通到阳台的。我躺在床上看了一会儿书，察觉到她房间里已经没有动静，不知道她睡着了，还是躺在那里、耽于她那奇特的幻想中。我合上书，起来关掉房间里的顶灯，只留着床对面矮柜上那盏黄光的小台灯。我躺在昏暗的光线中，有种没入黑暗之水的困倦和休憩感。小台灯的光经由灯罩在天花板上打出一个圆圆的、柔和的光圈。突然，我回想起一张纸，那张纸的样子那样清晰、生动地跃入我的脑海里，带着它上面蓝色的圆珠笔笔迹，以及它特有的边角处的折痕。那是她写给我的第一封信，也不算信，就是一张留言条。因为她出差了，她临走时给我留下这张纸，上面写着：“小亮，妈妈要出门几天，但是妈妈在外面，心里也会一直想着你。妈妈回来的时候，会给你带你想要的火车模型。”……我那时候还不到六岁。每一天放学回来，我都会先看看钉在墙上的这封信——是的，它是用两个图钉钉在墙壁上的。后来，妈妈回来了，她说这封信也没有用了，但我不让她扔掉。她问我为什么，我说，这样我长大了还可以看到这封信，就不会忘掉。我的回答显然让她大吃一惊，她说她会一直保存着这封信。我最后一次看到这封信，是在我上大学以前。那时我无意中翻看一个相册，发现它被对折起来，卡在相册里嵌照片的透明薄膜里。当然，它那时并没有怎么让我感动，不过是一件寻常旧物。但现在想起它，它还是当初被妈妈钉在墙上的样子。我似乎还能看到它的下半部分被从门缝、窗口透进来的风吹得轻轻卷起来，发出轻微的“沙沙”声，因为那两个图钉仅仅固定住了它的左右上角。记忆是奇怪的东西，有些细微、并不那么重要的东西会莫名地清晰如昨，譬如这张纸，但有些东西却在你记忆里完全褪去了形迹，譬如她过去的样子。这就像一个人在长途跋涉中失去了所有贵重的大物件，最后，一张经年的、毫无用处的小纸团儿却还留在他褴褛的衣服口袋里。

有时候，我努力回想她年轻时的样子，或者至少是中年时的样子，我想这样也许能让我多爱她一点儿、多一点儿耐心。我反复翻看那些相册，但旧照片根本帮不了我，它们只是存在于过去某个时空中的孤零零的影像，和现在、未来全然割裂了关联。在我脑海里，她的样子固定不变，无法和照片里那个年轻些的女人相互映照、融合，她的样子始终就是她老了以后的样子、现在的样子。

我睡着了，但和平时一样，半夜无缘无故地醒来。矮柜上那盏小灯仍旧孤寂地亮着。我听了一会儿：隔壁一片沉寂，连她翻身时引起的床的轻微响动、睡梦中的咳嗽声以及叹息声都没有。她或许睡得很沉，我想。但慢慢地，我感觉到这静寂里的异样，一股彻骨的凉意爬上我后背。我跳下床，径直走进她的房间。她的床上是堆成一团的被褥，她不在那儿。

我又来到客厅、厨房、洗澡间，在这狭小的空间里，她并没有可以藏身的地方。我盯着门——门纹丝不动地反锁着。冷静，冷静，我对自己说。我又转回去她的房间。青色的布窗帘拉得严严实实，我走过去拉开窗帘——背后的窗扇都好好地反锁着。我站在窗边眺望，对面楼房里的大部分窗扇都黑沉沉的，只有楼下街道上的路灯孤寂地亮着，一辆车无声无息地驶过去，仿佛在梦中滑行，车灯光游移般扫过昏沉的街道和楼壁。我已经想到她在哪儿，但我却在她床上坐了下来。我觉得我累极了，身躯沉重得几乎没法动弹。难得有这样巨大的、黑暗的安宁！我感到这巨大、黑暗的安宁笼罩着我。我想：她这次可能真的像鸟儿一样飞走了。

窗户紧闭，但不知从哪里透进来一丝风，窗帘里面那层白色镂纱在微微拂动。那是陈旧得发黄的白纱窗帘，吸满了岁月的尘埃，灰突突的、已经裂开的边缘垂落在地板上，“沙沙”拂动。我伸手摸了摸她的被褥，大部分凉了，中间还余留着一点儿她的体温……我猛然惊醒过来，奔出房间、穿过厨房。果然，从厨房里侧一角通往阳台的那扇小门关着，但锁开了，我藏在大衣柜一套被褥里面的黄铜色小钥匙就挂在锁上。

拉开门的那一瞬间，我感觉到心狂跳着快要冲出胸腔，我预见到那空荡荡的阳台，觉得我的世界下一秒就会轰然倒塌，什么都不剩。然而，如同令人惊奇的幻象一样，她双手扶着栏杆，稳稳地站在阳台上，朝我转过身来。她穿着胖大的印花棉睡衣，像个憨憨的、面相老成的孩子。她脸上还残留着一些轻松、愉快的神情，但又有点儿困惑、负气，仿佛我打扰了她正专注于其中的游戏。

“你怎么不睡觉？”她问我，好像我是那个捣乱的、半夜不睡的小孩儿。

“你怎么不睡？”我反问她，走过去站在她身边。

她看着我的眼睛，慢慢地，她低下头。

“我睡不着……出来透透风。”她嗫嚅着说，“我就想到阳台上站站、看一看，我拿了钥匙……”

“没事儿，没事儿。我也睡不着，陪你透透风。”我说着，拉住她的手——一双干燥、皱巴巴但很温热的手。

我感到心脏重新在我的胸腔中平稳地跳动。现在她再也飞不走了，我抓住了她，抓得很紧、很结实。我和她又连在了一起，无论是身体还是命运……这比什么都好。

2019年11月25日

寻找少红

1

科学家都说地球在变暖，但我觉得冬天却越来越冷，今年冬天尤其冷。在最冷的这段时间里的一天，我瞒着家里逃学了，一个人出门远行。这两件事我以前都没有干过。我坐在一辆中巴车上，去另一个县城。路上是僵冷的风景，荒凉的田野、灰色的村落、杨木、杂草、沟渠，而我心里仿佛烧着一团火，因为激动、害怕。我要去我从未去过的地方，找我不认识的一个人。放在以往，我既不敢逃学，也没有胆量瞒着家里人出远门，但二爷就快死了，我只能为他做这么一件事。

那天晚上，爷爷和奶奶说起二爷。我记得二爷上一次到家里来，是我刚考上高中的那个暑假，快三年了。我们也快三年没提起他了。爷爷说，二爷中风了，他们下午刚去医院看过他，二爷的情况不好，话也说不清，嘴歪了。他们去的时候带了一箱牛奶、一箱鸡蛋和一袋水果，但他们担心这些东西最后还是会被二爷的侄儿带走，二爷自己一口也吃不上。他那个侄儿很急，因为家里还有很多活儿等着他。他对我爷爷奶奶说希望二爷快点出院，他不能在医院耗着。

我说想趁第二天是星期天去看看二爷。爷爷奶奶齐声反对，说我还是要待在家里学习，高三了，不能再浪费时间，况且他们俩已经去看过，这就代表了全家。我说："二爷以前对我最亲，他现在病这么重……"爷爷说："可你去了有啥用？再说，你二爷也不会说话，你去干什么？"奶奶也是这个意见。奶奶说，病房是姑姑托医院的熟人安排的，他们都去探望过，在二爷出院前还会再去一趟，这样我们家的礼数也算尽到了。听起来二爷就要瘫痪了，我很惊讶他们这个时候还在乎“礼数”。我没再说什么，但我还是想去看看二爷。

二爷是爷爷的亲堂弟，比爷爷小了十几岁。这些年他不怎么来了，但很奇怪，我心里一直把二爷当成这家里的一员，也许是小时候的印象强烈。我记得以前我们家老房子拆了，爷爷把二爷叫来帮忙干活儿，每天早上四五点钟，我们都还在睡觉的时候，二爷就起床干活儿，一车车地拉砖，把码好的砖从老宅子上拉到我们的新房子后面，再把砖卸下来，整整齐齐地码好。他是用架子车拉的，完全靠人力，一整车的砖头，几百块儿，他一个人装卸，一个人拉，接连干几个小时。我那时是个小孩儿，我都记得这事，为什么我爷爷好像记不得了？二爷干了很多天活儿，把老房拆下来的材料都清理干净，我们没有给他一分钱。爷爷说他在这儿干活，有吃有喝，每天还给他买烟，不错了。只要我们家有活儿，爷爷就会叫二爷过来帮忙干。二爷喜欢到我们家，来了他闲不住，到处找活儿干。墙漆脏了他就粉刷墙，橱柜的门变形了、把手松了，窗纱破了洞，他都会收拾。我喜欢看二爷干活儿，因为我想长大了也有那份男人的力气！没活儿可干的时候，他就变得局促，像是手脚不知道放在哪里，心神不宁地在院子里、屋里进进出出。周末，姑姑的孩子们也都来了，大家聚在一起玩儿，二爷这时候才又自在、快活起来。他在旁边看我们玩儿，也会乐得笑出声。有时看着看着，他突然起身走了，很快又回来，手里提着从食品店买来的冰棍儿、山楂片、虾条，分给我们吃。我们往他脸上、手上贴纸条，在他手臂上画小人儿，他都是笑着任由我们捣蛋。

二爷自己没有孩子，奶奶说过，二爷命不好，一辈子没娶上老婆。二爷一生都是靠卖力气生活。他四处打零工，去砖窑给人烧过砖，去面粉厂帮人磨面、扛过面袋子，去养猪场给人家喂过猪……二爷干的是苦力，雇主都拿他当牲口用，却只给很少的工钱，有些地方甚至连工钱也不给，只是包吃包住，走时送两条劣质烟。他一生没有什么乐趣，只是爱抽烟。二爷家是三兄弟，只有大哥结婚生子了，弟弟则和二爷一样的命运，没娶到老婆，四处做苦工为生，三十岁刚出头就意外死了。听说他当时给人家看果园，暴雨来了，他帮着去抢收果子，被雷电打了。二爷从没有在我们面前提起过这个弟弟，这些故事都是从爷爷奶奶那儿听来的。而他那个哥哥我也没有印象，他很少到我们家来。二爷说乡下人胆小，怕见城里人，他不怕，因为哥哥嫂子为人多好他知道。

那些年，二爷春节从外面打工回来，都在我家过年。我们家的条件是二爷家没法比的，但他每次都给我们这些孩子发数目不小的压岁钱。二爷穷，但大方。他只要出门，就不空着手回家，不是买两只鸡回来就是拎两条鱼回来，或是捎点儿我们小孩儿爱吃的鸡蛋糕、奶糖、果脯。有一年春节，他走到开封车站，身上揣着的一年的工钱全被人偷走了，幸好还剩下一张买好的汽车票。回家后，他和我奶奶说起这件事，像个小孩儿一样呜呜哭起来。那是我唯一一次看到二爷失声痛哭。过完祭灶，他回了乡下老家一趟。除夕那天又回来了。他大概是借了钱回来的，回来时带着两只宰好的生鸡，还有一大块羊肋排。除夕夜，他按照惯例给我发压岁钱。他喜欢我们家里的每一个大人、孩子，但最喜欢的还是我爸和我。他有农村人强烈的家族意识，常神秘兮兮地告诉我说，爷爷、我爸和我是三代单传，是族里这一支的唯一香火。

我小时候觉得二爷的力气是用不完的，我看到他把装满砖块的架子车猛地抽得直立起来，看到他把面布袋轻松地拎起来、翻个过儿甩到肩膀上扛着，我也看过他帮姑姑家搬家时一个人扛起一个冰箱……我把二爷当成现实中的大力水手。我从没想到，二爷的力气也会衰竭。二爷最后那份工是奶奶的一个远亲介绍的，远亲传话给奶奶，说二爷干活儿不够卖力，还贪睡，不干活儿的时候坐在那儿都会打瞌睡。这是我没法想象的。然后，从某个时候起，二爷不来我们家过年了。听两个姑姑说，因为一件钱上的小事，爷爷对二爷不满。二爷虽是个粗人，也看得出爷爷的脸色，他又最怕遭人嫌弃……几年后，我再见到二爷的时候，已经是初中毕业的暑假。那时二爷已经不外出打工了，住在农村老家。和我小时候记忆里的样子比，他显老多了。他头发花白，粗壮的身体消瘦下来，还有点儿伛。他那次来没有像以往那样在我们家里住下来，说是第二天有事儿要赶回家去，爷爷奶奶也没有挽留的意思。这个家终究是抛弃了二爷，而他以前大概是想跟着我们终老的。

那天晚上，我去二爷住的放杂物的小偏房里和他说话。二爷就像个上了年纪、容易动感情的老妇人一样，话多了、碎了，有时激动得眼泛泪光。他问起我爸爸、妈妈，还有姑姑们和她们的三个孩子。他说他现在老是想家里人，想起过去住在这儿、家里人都在一块儿的时候。他说有时还真梦到和我们小孩儿在一起玩儿，我还是那个小毛头样子，在梦里面清清楚楚的，现在人站在面前，倒是大变样了……后来，他说到养猪场的活儿，说别人不让他干了，不是他干不动了，打扫猪圈、喂猪的活儿他还都能干呢，但他们心眼儿多，看他年龄大了怕他万一病了给他们惹麻烦，他们也看不惯他和村里的一个女人来往。我问他那个女人是他的女朋友吗？二爷看起来害羞了，挠了半天头，说侄孙子大了，都要上高中了，他有事也不瞒我了。但他要我答应不把这事告诉爷爷奶奶。他说他在商水丁村那个养猪场干活儿时是认识一个女的，她家也住在丁村。他说她的心就像我奶奶的心一样善，猪场的伙食不好，她经常给他送吃送喝贴补他，他干完活儿没事就去找她说话……“我这一辈子，除了你爷爷奶奶，没有其他人待我这么好过。”二爷说。说到这些，他那脏兮兮的、看不清肤色的脸上泛起一层红光。“那她好看吗？”我逗二爷。二爷嘟哝着：“啥好看不好看，反正是个女人……离了婚的。”我问二爷她叫什么名字。二爷支支吾吾半天，告诉我她叫少红。

2

车子颠簸在路上，我想起二爷有次去看我时的情景。那时我读小学四年级，爸爸和妈妈闹离婚，妈妈带我搬出去住。我们租了一个小平房，离我学校很近。也是冬天，有天傍晚，天已经擦黑，我吃过饭刚开始做作业，听见有人敲门。我随妈妈走到门口，门外的昏黑里有一星点的红光，是二爷站在门外闷头抽烟。他不知道怎么打听到了我们住的地方。他在外面大概站了一阵子，一根烟快抽完了。他把烟掐灭进了屋，胳肢窝下面夹着一包东西，这时候掏出来递给我，是一包酥心糖。他冻得流着清水鼻涕，妈妈给他纸，他擦擦鼻涕，就一直闷头坐在那儿，偶尔说一两句话。他那样子仿佛是来替我爸认错的，说都是我爸不对，说我们还是回家住，说他是太想我了，总算是找到了我们住的地方，来看看侄孙子……二爷就这么坐了一会儿走了，水也没有喝一口。我妈妈也说，二爷真是个心好的人。他对人的亲，就连小孩儿都能看出来。

我和妈妈在外面住了一年多，爸爸从深圳回来和她办了离婚手续。我判给了爸爸，从此就跟着爷爷奶奶。姑姑说，也是妈妈主动放弃抚养权的。我能理解妈妈，她那么年轻，既然爸爸不要她了，她总得再找一家，而带着我，她是不好找下家的。可能对爸爸妈妈来说，我也曾经是个累赘，就像现在的二爷一样。好在我还有爷爷奶奶，但二爷，他谁都没有。他就像一匹老马，一头老牛，一条老狗。爷爷说过，乡下人薄情，再忠诚的看家狗，老了都会被主人卖给杀狗的。

知道二爷住院后的第二天，我还是去看他了。我带着一包衣服出门，对奶奶说我去澡堂洗澡了，然后我去了医院。我找到姑姑的朋友问二爷的病房，病房就是姑姑托她安排的。

“这孩子，你怎么一个人跑过来了？你没去上学吗？”她看到我，大惊小怪地问。

“今天是星期天。”我说。

她说：“对对，忙得都忘了日子了。哦，真是，你长这么大了啊！”

我笑了笑。

“你爸还在深圳吗？”她别有深意地问。

“嗯，自从我爸和我妈离婚后，他就一直在深圳。”我明白她想打听点儿什么，就直截了当地告诉她。其实，我爸妈几年前就离婚了，但我们家的人一直把它当成秘密来保守。

阿姨愣了一下，随后她告诉我二爷的病房是307。

我找到307病房，突然想到自己两手空空，还提着一包可能会被二爷的侄子误以为是礼物的衣服。我硬着头皮敲敲门，没有人回应，我从门上那块玻璃窗往里看，看到小小的空间里摆着四张白色的铁床，每一张上面都躺着一个人，身上裹着高高隆起的被子，像一卷衣服。其中两张病床边坐着人。我推门进去，迅速扫了一眼靠外放的两张病床：上面躺的不是二爷。后来，我发现他躺在左边角落里放的那张病床上，闭着眼睛，眼角粘着大粒的眼屎。他头发全白了，脸上的皮肤灰黑，树皮般又皱又粗。病房里热烘烘的体臭味儿和药液味儿古怪地混合在一起，我想这就是疾病的味道。

标着红色号码的白色棉被把二爷的身体压在下面，只有一只手臂露在外头，脏兮兮的秋衣袖子卷上去，胳膊上插着两根输液针管。他看起来像七十多岁，但我猜他还不到六十岁。有两个输液瓶，我注意到其中一瓶里的药几乎要输完了。

“这个病床的人没有人看护吗？”我问旁边那张病床上坐着的家属。

“那个男的吗？他出去了。”那个女的说。

我去护士站告诉她们药液快输完了。她们没有马上搭理我，让我站那儿等着。过一会儿，一个戴眼镜的女护士气鼓鼓地随我到病房，换了一瓶新的，一句话没说又离开了。我在床边坐下来，不知道该怎么办，心想如果二爷睡了，我坐一会儿就走吧。被子底下，二爷的身体好像缩小了很多，我看着他枯瘦的手臂，突然觉得他是被什么东西榨干了。我坐了将近十分钟，他侄子还没回来，另一瓶药液大概剩下五分之一。我想我至少等到那瓶药液输完、叫护士换了新的输液瓶以后再离开。旁边的女家属问我病人是我的什么人。我和她聊了几句话。这时候，我觉得床动了一下。我看看二爷，他睁开了眼，正看着我。我从没见过一双那么浑浊的眼睛。

“二爷，我是小光。”我说。

那双浑浊的眼睛看着我，像摔坏了的、布满裂纹的玻璃球。有一会儿，他没说话。我这才想到他不能说话。我对他笑笑，说：“二爷，我来看看你。我是小光。”

他认出我了，脸上有了表情，像个面老的凄苦孩子。他想说话，发出“呃呃咦咦”的声音，嘴往一边歪斜着。我努力听了一会儿，只约略听到我的名字。

“二爷，你别说话了。休息吧。”我说。

他还是固执地发出“呃呃啊啊”的声音，面部肌肉奇怪地纠缠、扯动着。但除了我的小名儿，他嘴里发出的其他字音我还是听不懂。

我拍拍他的肩膀，说：“二爷，我听不清。不过你不用急，医生说再输几天水，恢复了就能和原先一样了。”

他那张歪斜的嘴抖动几下，总算不再试图说话。但过一会儿，他的身体开始使劲，我想他是想翻翻身或是坐起来。我问他是不是想坐起来，他嘴里又发出一串含混声音，听起来有点儿急。我不明白他的意思。这时，一直坐在旁边看着我们的那女的说：“他是要上厕所吧？”在她的指导下，我帮二爷上了趟厕所，要一手搀着他一手举着输液架。他左边的身子看起来不灵便，但还不算瘫痪。他尿尿的时候尿液溅到了鞋上和裤腿上。我第一次看到人老了、病了是这么无助，即使是曾经像大力士一样的二爷。

回到病房后，我把枕头靠着床头立起来，让二爷倚坐在那儿。我总得说话，就顺口编了些谎话，说我从姑姑的朋友那里听说，他的病情一点儿也不严重，输几天水回家好好锻炼一下就恢复了。我还说我爸爸很快要回来，会把他接到我们家里一起过年……这时候，我看见眼泪从那双浑浊的老眼里流下来，流过他肮脏的脸上的沟沟壑壑。奇怪，那眼泪也是浑浊的，像是灰色的。我觉得病房里其他人都在看我们。我低声劝二爷说："别哭了，二爷，我问过医生，你很快就会好了。"他发出"呜呜"的声音，算是回答。"不能说话只是暂时的，恢复了照样能说话。"我又说。我从病床旁边的床头柜里翻找出来一条脏毛巾，跑去洗澡间湿了水，拿回来给他擦擦脸。擦脸的时候，他的眼泪又淌下来……

我在医院里待了将近一个小时，二爷的侄子一直没回来。二爷只有这么一个侄子，从爷爷奶奶说的话里，我觉得这个侄子不怎么孝顺。我们家经常有些乡下的老亲戚走动，所以乡下的事我知道一些，很多人连自己的父母都未必照顾。

我要在午饭前赶回家。我跟二爷说我得走了，二爷“哦哦”地应着，但他那只还能动的右手仍然紧紧抓着我的手。最后，我只好轻轻掰开他的手，告诉他我必须走了，下午很早就要回学校。我不知道我走的时候二爷是不是又流泪了，我没敢回头看。

没有时间去洗澡，我在医院楼下找了个厕所把背着的衣服换上，然后去路边理发店让人家给我洗了洗头。这样奶奶就不会怀疑我没有去洗澡了。

午饭时，我问爷爷奶奶：“二爷那个侄子孝顺吗？要是二爷瘫痪了，他会照顾二爷吗？”

奶奶说：“他应该照顾。你二爷挣的钱、名下的地都给他了。”

我说：“但是农村里有的人连自己父母都不照顾。”

爷爷叹口气说：“那就不是咱们能管得了的事儿了。”

我说：“这个病如果家属照顾得好，不是就能恢复得很好吗？”

奶奶说：“是这么说。但乡下的条件不比城里，年轻人都忙着打工挣钱，能给他看病已经不错了。”

我觉得谈话被引到我想要的方向了，趁机对奶奶说："那为什么不让二爷住在咱们家呢？咱们家有的是空房子啊。"

爷爷奶奶的眼睛都睁大了。

"住咱们家？谁照顾他？"过了一会儿，爷爷问。

"他有亲侄子，东西都给他侄子了，轮不到咱们家管。"奶奶说。

"可是二爷如果住咱们家，肯定能恢复的，他又没有瘫痪。到了乡下，没有人管，只会……"我嗫嚅着说。

"你一个小孩儿，操那么多心干什么！住这儿你照顾他啊？再说，万一人死在咱家里怎么办？"爷爷训斥我。

我回答不上爷爷的问题。其实，我愿意照顾二爷，我愿意给他养老，但我没有钱，也没有时间。而爷爷奶奶退休了，他们宁愿终日守在电视机前面或是无聊地打两人麻将……但既然我出不了钱也出不了力，我就只能把我的话吞下去，对他们而言，我不过是个幼稚的、无足轻重的孩子。

两三天后，爷爷奶奶又去了医院一趟。他们说，二爷当天下午就要出院。

“二爷好点儿了吗？”我问。

“好一点儿了，能说一两句话。恢复得算不错。”爷爷说。

“再住几天就好了，医院的意思是再住几天，治疗得彻底一点儿。但他侄子急着回家。”奶奶说。

“也不光是时间的问题，你没看出来他侄子的意思吗？住得久害怕花钱。”爷爷对奶奶说。

那个夜里，我睡不着。我隐约感到等待着二爷的是什么命运。我隔壁就是两个空房间——我两个姑姑出嫁前住的房间。我家楼下还有一间空着的偏房，以前给我们的狗住，狗死后一直空着。我们还有一个杂物间，就是二爷最后一次来时住的地方。如果爷爷奶奶不想给二爷一个楼上的房间，他也可以住在杂物间或是狗的房间啊，这都好过被他那个侄子拉回乡下。二爷不是已经能说话了？我相信如果他住在我们家，他就能慢慢变成一个健康的人，他还能干活儿，能帮我们打扫院子，修理坏了的门扇和窗户，他就能好好地、快快活活地活下去……我想起小时候读过的《老哥哥》，我觉得二爷就是“老哥哥”。他年轻力壮的时候，拼了命地给别人干活儿、出力，老了，就像一个废弃的物件那样遭人嫌弃。

我想帮二爷，但我能干什么呢？谁又会听我的呢？我厌恶自己的年少，年少的无能。

3

我知道二爷最后打工的那个养猪场在商水县张庄乡一个叫丁村的地方。到了商水县县城后，我在车站打听去张庄的车。有人带我离开车站，走了大概十分钟，上了一辆小巴。小巴座位上的布罩已经脏得看不出颜色，我用手把上面的尘土和食物残渣扫到地上，厌恶地坐下来。小巴在车站附近来回兜圈子拉客人，足足兜了一个小时，终于有了六七个人，这才开出城。我肚子饿了，小巴兜圈子又兜得我有点儿恶心。本来，第一次独自远行都应该像冒险故事一般新奇、刺激、海阔天空吧，但我的远行却不是。我蜷缩在没有暖气、车窗四处漏风的肮脏小巴里，沿途是千篇一律而又无休无止的中原农村冬日的凋敝景象……

二爷出院后下过一场雪，雪后天气更冷得出奇，屋檐下结了冰凌。这是我第一次看到那么长的冰凌。爷爷奶奶说过去冬天冷的时候有过，好多年都不见了。姑姑给他们买来一个冷暖两用的空调柜机，放在客厅里，因为他们喜欢在客厅里看电视。有一天，他们顺朋友车回了趟老家，去看了看二爷。

他们说，二爷没有住在侄子家里，因为侄子媳妇爱干净，就让侄子在地里给二爷搭了个塑料窝棚。他们一直说那个侄子不孝顺，说二爷真是看错了人，把地啊、打工攒的钱啊都给了这样的货。奶奶说那哪是人住的地方，就是狗窝，臭得熏人……我猜这大概是因为二爷已经下不了床，大小便失禁了。爷爷奶奶都说脑血栓最经不住冻，一冻血流慢，血管就又堵了。爷爷过去也得过这个病，前些年冬天，因为他的病，爸爸会把他接到深圳过冬。现在，他完全好了。

“那二爷现在病更重了？”我问他们。

“唉，还没有出院时候好，又说不成话了。这种病没人照顾是不行。”爷爷说。

我等了一会儿，但他们没说接下来要怎么办。

“他侄子是要把二爷冻死吧。”我说。

爷爷说："乡下人，又不是亲生的，你指望他能孝顺？"

"那我们也不管？"我斗胆问。

"我们怎么管？他有亲生的侄子管。我们不能谁都管，哪个亲戚都管，我们也管不过来。"爷爷说。

可他都已经看到了啊，二爷被扔出家门，是要给活活冻死的……

"其他亲戚也都见死不救？"我说。

爷爷瞅了我一眼，不再搭理我。他用遥控器打开电视。

过一会儿，奶奶说："这都是命，没办法。上辈子也不知道造了什么孽，命这么苦。"奶奶信佛，所以信命，信六道轮回。她早晚上香，每隔一段时间要去市场买鱼放生。

所以，我现在坐在这辆开往陌生的、我毫不向往的一个地方的小巴上。我知道我不能说服爷爷奶奶，但我又不能什么都不做。我没有别的办法，只能去寻找少红——二爷说的那个体恤他、对他好的女人。他说少红就像爷爷奶奶一样心善、对他好，但现在还愿意对他好的，也许只有少红一个人了。

破烂、肮脏的小巴行驶在公路上，发出“吱吱呀呀”、散架了似的噪声。路两边排成行的落光了叶子、空枝丫在寒风里瑟缩的杨树，就像一个个饱受饥寒的垂暮老人。杨树后面是冬天贫瘠、肃杀的田野，赤裸裸的令人生畏的严寒。而二爷就是睡在这样的地方，在野地上一个用塑料布临时搭成的窝棚里。北风会一无遮挡地扫进他住的窝棚，吹到他那狗窝一样的臭不可闻的床上，这个曾经力大无穷的人瘫在那儿一动也不能动，没有一个人给他一碗热汤，没有一个人能扶他一把。如果二爷还能想，他会想什么呢？我想象不出那会是什么滋味，想必比刀子剜心还疼痛，比窝棚外被冻僵的田野还冷得无边无际。

时间应该已经过了正午，天色却仍然阴郁、灰暗，一切都蒙在一层又冷又潮的雾气里。那么寒碜！那么贫穷！装模作样却粗糙简陋的农民楼，旷野上搭建的泥屋、窝棚，还有这辆污秽不堪的车，乘客们一张张木呆、浑噩的脸，他们蒙着灰尘的头发、鼻头的清涕、手上的冻疮……我没有见过他那个侄子，但我想他大概就是这么一张脸。我不喜欢乡村，也不喜欢这些人。如果二爷像我爷爷一样，是一个城里人，他这一生就不会过得这么悲苦。他这个时候应该也退休了，袖着手坐在暖气充足的屋里看着电视。

汽车到了镇上。镇上没有车站，停车点在一个卖化肥和农药的商店前面。我从车上下来，沿路走了一会儿，冷风“呼啦啦”地吹着柏油路上的尘土。我找到一家小店，花八块钱吃了碗肉丝面。然后，我顶着风走回农药店那里。两三辆机动三轮车立即过来问我去哪儿，有个师傅愿意去丁村。他问我要二十块钱，我说我只有十五块钱。我撒了谎，但我要留够回家的车钱。为了这次远行，我把这个月剩下的伙食费和平常攒的零花钱都带在了身上。

因为我只出了十五块钱，开机动三轮的那个人把我扔在一条土路的路口，让我自己走去村里。土路冻得像石头一样硬，我在路上大踏步地走，为了让自己暖和，也为了压住心里起伏得太强烈的情绪。我怕我找不到少红，我怕二爷等不及我找到少红，我还怕找到少红，因为我根本不知道找到少红以后能让她做什么。她难道会跟我走吗？她还会去看一眼被丢弃在窝棚里的、废人一样的二爷吗？我不知道。但她好像就是唯一的希望。我一个人走在这坚硬的、寒风呼啸的村路上，去一个陌生的地方寻找她，我说不清楚是什么情绪让我想哭。

我走了两三里路，进了那个村子。我打听到了过去那个养猪场，但他们说猪场闹过一次猪瘟，早就关了。我问起那个叫少红的女人，没有人知道。最后，有人带我找到原先猪场主人的家，招呼我的是一个满脸横肉的冷淡男人。他一边倚着门剔牙，一边和我说话。他说："你说的是那个老光棍啊？我当然有印象。"当我窘得满头大汗、问他少红的事情时，他竟然大笑起来，说要是村里有哪个女人和二爷说句话、给他个好脸色，他看见人家就走不动路了……

4

那天，我赶回家的时候，天已经黑了。和我意料中的一样，班主任给爷爷打了电话，家里的一场风暴正等着我。他们问我到底去哪儿了，我说我去网吧打了一天游戏。爷爷要过来踢我，被奶奶抱住了腰。他们都认定我是要自己毁自己。紧接着，爸爸的电话打过来了，他一开口就骂我，我恼了，对着电话吼："你没有资格说我，你从来都没有管过我！”我把电话挂了。爷爷和奶奶愣在那儿。过一会儿，奶奶醒悟过来，替她儿子辩护，说爸爸一直关心我，每个月给我寄钱，每星期都打电话，我什么时候变成白眼儿狼了，这么对爸爸说话，还问我我妈都为我做了什么。她一提我妈的不是，我气得不行，把眼前的一把椅子踢翻了。奶奶哭起来，说我这是想打她啊。爷爷过来扇了我一巴掌。爷爷打了我我倒觉得好受了，我可以放声痛哭了。“打呀，你打呀！”我对爷爷嚷。奶奶哭着，挡住我。我从来没这么对他们俩发过脾气。其实，我在回来的车上就想哭。我尽了力了，但我没有找到少红。根本就没有少红这样一个女人。二爷骗了我。

事情就这样过去了。很快，放寒假了，过几天就是除夕。爷爷接到二爷的死讯，说侄媳妇一天早上去窝棚里给他送饭，发现他已经“过去”了。爷爷奶奶接着商量去参加二爷葬礼的事，礼节他们是很重视的。他们商定出一份厚礼，两个姑姑也去，她们也各出一份礼钱，这样单单我们家就出三份礼钱。他们没让我去，要我待在家里复习，我也没要求去。全家人坐上大姑姑那辆黑色的雷克萨斯轿车走了，对二爷的侄子来说，他们在葬礼上出现会是莫大的面子。

听说二爷死了，我倒没有太难过了，还松了一口气。就像奶奶说的，二爷这一死，不再受罪，算是解脱了。要是人死后还有灵魂，他该会碰到他那早死的弟弟，两个鬼魂该会抱头痛哭吧？我之前揪着的心平静了。死亡有时候真是一件好事。

下午三四点钟，参加葬礼的人都回来了。他们聊着葬礼上的情况，说那个侄子请了两个鼓乐班子，侄子侄媳妇都披麻戴孝、行了孝子礼，在乡下算是厚葬了。我想，这大概算是他侄子的庆祝吧。他对我的爷爷奶奶一定是很谄媚的，做了那样的事，却还能收买他们的好感。而且，多奇怪，对活着的人那么鄙薄，对死人的仪式却那么看重。姑姑说她们也都哭了，想起二叔这一生也真是苦。奶奶叹着气，说总算过去了，二爷已经去西方极乐世界了。

喝了茶，谈了一会儿二爷的葬礼，姑姑们帮着奶奶把洗好的猪蹄炖进大锅里，每年春节，奶奶都要自己做皮冻。然后，他们四个人开始打麻将。我回到楼上我的房间。远处哪里有人放鞭炮，传来寥寥的几声。虽然天阴、刮着狂风，但过年的节庆气氛仍然弥散在空气中。我眼前摊着书和模拟试卷本，但我什么也做不下去，只是身心空空地听着楼下“哗哗”的洗牌声和说话声。他人的悲伤也是这么不可靠，转瞬即逝。如果二爷的灵魂跟着他们回来了呢？如果他正在那大屋子里站着看这些亲人，或是正在他过去住的杂物间里游荡呢？他还曾想过在这个地方安度晚年，和善待他的亲人一起。

当然，那只是他孤苦一生中寥寥几个不可能实现的梦之一。还有另一个梦，那就是少红。他大概在心里很多次编织这个荒唐的美梦，以至于他给梦里的女主人起了个名字，以至于他自己也信以为真，忍不住在那天晚上告诉了我他的“秘密”。他只是没想到我真的会去寻找少红，而我也早已原谅了他的谎言。愿他安息。

2018年8月29日

昨天

“大卫王有一个戒指，上面刻着几个字：‘一切都会过去。’……要是我有心给自己定做一个戒指，我就会选这样一句话来刻在我的戒指上：‘任何事情都不会过去。’”

——［俄］契诃夫《我的一生》

1

我下午早些时候就离开了家，因为约定的拜访时间是晚饭后，我先去了一家咖啡馆。从咖啡馆里出来，我又在城里大大小小的路上走了很久，始终没有找到一条清静点儿的街道。过去，沿着某条笔直的大街走到尽头，就能走到一个安静些的地方，房子越来越稀疏，行人也越来越少，周围的风景会渐渐呈现出一种田园的风味：这里一片树林，那里一块田地，还有细小的水渠从路边流过……

在我过去的想象中，我们是在位于县城西面、临近城乡交界处的那所平房里见面的。那是她的家，一米高的矮砖墙，从墙外可以看见刷成白色的、样式简陋的三间平房。想象中我们见面的另一个地方是我曾经的家，那栋被称为“县长楼”的两层小楼，更确切地说是在这栋楼的一楼客厅里——我们那天下午不欢而散的地方。对我来说，它一直是那天下午的样子：空荡荡、冷飕飕，她穿着一条白裙子，站在光线阴暗的背景前面。这就像一帧镌刻在我脑海里的旧照片。

多年以后，还在年少时熟悉的地方再聚，这注定只会存在于想象中。这两个地方如今都已不存在了。我想起通往她家的那条柏油路两边开满紫红色花的楝树。过去，我和史涛经常在那条东西向的路上骑车狂奔。那时小城里有各种各样的树，在不同时节开着不同的花：白色的槐花、粉紫的桐花、紫红色的楝树花。人在清晨醒来时常常闻到一股花香味儿，而黄昏向黑夜过渡的那段时间是花树的香味最浓郁的时候，一切仿佛都被笼罩在带有草药味儿的、微微发苦的香气中。在路的一侧还有小块的农田和郊区居民的自建房，这样的景色也让我觉得温暖、清新，一切和她相关的东西对我来说仿佛都有了另一种意义。如今，这地方已经是城内的一部分，取代菜地和民房的是商铺林立的大街和密集的商品住宅楼。至于我们家曾住的那栋米黄色的小楼，它本来就是公家的房子，大概十多年前就被拆毁了。县委已搬去城南开发区，新大院儿气派得如同白宫。当然，这都和我父亲无关了。他早已经退休，现在是个因糖尿病、骨质增生而受折磨的老人。走在街上，没有人认识他，而过去认识的人也未必会理睬他。

与我想象中的情形完全不同，在重逢之前，我穿过一条两边挂着“七匹狼”“南极人”等花花绿绿店铺招牌的商业街，又经过一个到处是闲逛闲坐的人、花坛里不像样子地种着几棵蒙着厚厚灰尘的冬青和月季的广场，找到广场斜对面一条被拆了半边的巷子，巷子尽头是她住的那栋教师家属楼——一栋五层楼房，外面砌着一层青灰色的碎石子。这一路没有半点我熟悉的东西，它不仅无法和我往昔的印象有丝毫的交汇、重叠，还形成一种痛苦的干扰。还有一点儿时间，我掉头往回走，回到车流、人流混杂的大街上。

我在大街上漫无目的地走了一会儿。应该是晚饭后华灯初上的时候，过去，这是个空气里弥漫着芳香、天空中色彩奇异、静谧美好的时候。现在，俗艳的装饰彩灯亮起来，照亮那些花哨而粗糙的建筑，白日的废气、喧嚣仿佛都往下沉，空气中的浊臭比任何时候都重。我朝这条街的尽头望过去，猜想它过去是个什么地方。很可能街口处就是原来那片树林，与她家的房子相隔着一片菜地。从她家门前望这片浓绿的槐树林，感觉它总在一片水洇洇的雾里。我觉得它很美，但同时也是再普通不过的风景。有时候我们去她家，如果她不在或是不方便出门，我和史涛就骑车顺着菜地中间那条土路到树林里去。我们躺在草地上闲聊、仰望大树缝隙间被分割成小块儿的天空，消磨着漫长的光阴。那时候我们眼前有那么多的光阴，仿佛永远耗之不尽。透过大树黑褐色的躯干，我可以看见那所平淡无奇的房子。对我来说，奇特的是就在这一带荒凉的城郊，在一所土里土气的平房里，有这么一个女孩儿生活着。

她父亲是工人，母亲是郊区农民，从他们身上我看不出任何和她相似的地方。她仿佛从周围的事物——她居住的平房，她的父母兄姊，他们家散养在院子里的几只鸡，她家门口那棵石榴树，夏天里在平房房顶上摆成一排的、她母亲晒酱豆的坛子——中全然地剥离出来。偶尔，我们被获准进入她和姐姐两个人住的小房间（三间平房里左边那间）。房间的墙壁白里带灰，如果你不小心倚靠到墙上，衣服就会沾上墙灰。因此，床里侧的墙壁上，用图钉钉着一块布。布的颜色和图案却很别致，有点儿抽象，有点儿阿拉伯风格。她告诉我们那块布是她姥姥手织的。布的上方，贴着一些从画报上剪下来的明星照片，林青霞、张曼玉、王祖贤、蓝洁瑛……房间里只有一把椅子，她让我们俩坐在床上，她自己坐在椅子上。一个寒素的房间，但毕竟是女孩儿的房间，洁净，有一股温暖和生气。

时间差不多了，我原路返回。我站在家属楼外面一个刷成蓝色的铁门前，犹豫了一下，试着推大门中间的一扇小门，发现它并没有锁。我走进去。楼道外面是一个拱形门洞，里头很暗，楼梯下停着三四辆自行车和电动车。我想，这就是他们俩生活的地方。

我从小就不擅于画画，知道自己完全没有画画的天赋。但过去的某段时间，如果手头碰巧有张空白的纸，我会在纸上反复地、几乎是无意识地画三个小人儿：她、史涛和我。这是我画得最多的一幅画。画完，就把它揉成一团、撕碎，随手抛在某个陌生地方的垃圾桶里。当然，我画的画里没有一个人像我们本人，也许，只有她的头发像她，只有那个嘴巴像我，至于史涛，我画不出他的任何特点。他是个再普通不过的男孩儿。我当初和他做朋友，只是因为他在初中二年级时碰巧和我同桌，而他为人老实，学习也不错，多多少少崇拜我，羡慕我的生活。我们后来上了同一所高中，一连三年，我们都在同一个班。史涛很乖巧，他和我的家庭也走得很近，我父母都喜欢他。最可笑的是，在我不知情的情况下，他当时可能和我爱着同一个人……这故事听上去老套、幼稚，但事实即是如此。

高中时，会有其他学校甚至社会上的人等在学校门口，为了看一所学校里美丽的女孩儿，当这些女孩儿经过的时候，他们会起哄、吹口哨，她就是这些美丽的女孩儿中的一个。但她始终不是很多人追的女孩儿，“甜蜜”“温柔”“文静”，这些我们中学时代用来形容可爱女孩儿的词用在她身上都不合适。她不乏欢笑和热情，但她的热情也是干干爽爽的，没有暧昧或缠绵可言。我和她高一认识不久，她就坦荡随便地对待我，要求我把她当成一个兄弟来对待，而不要把她当成一个女孩儿来对待，说她不需要男生让着她、保护她。她就是这样，有时会突然说出一些直得惊人的话，似乎她渴望把真实的自己全然展露在你面前；有时却又过于自持，甚至古板、固执，似乎她那颗心永远不要别人看透。

不知道什么时候开始，有流言传出来，说她已经和我好了，她是我们家的未来儿媳……我们俩从未提起这流言，当然，我也没有在别人面前否认过它。它对我来说甚至有些甜蜜的意味。但结果并不怎么好，我隐隐感觉到，她开始避免和我单独在一起，所以，史涛成了一个必要的“第三者”，避免我和她单独相处的尴尬。可我从未把史涛当成情敌。后来，当我得知他们俩在一起时，我几乎无法相信。史涛？那个平庸、其貌不扬的男孩儿？对我来说，这像是个极大的讽刺。

好几年里，那个费解折磨着我：为什么我会被拒绝？他们是在我们三个经常一起时就有了隐瞒着我的恋情（而那恋情成了她最后拒绝我的真正原因），还是在我们上大学以后开始交往的？……我的问题慢慢在流年中沉寂下去，但它仍是我不愿去触碰的，它是我的耻辱，是一根扎在记忆深处的刺。大学毕业后我就出国了，差不多二十年里，我再也没有和他们联系。这看起来也合情合理：我们不在同一个地方，我们的生活、事业没有任何相似之处。但很多事并非如你计划的那样，你以为可以这样隐匿下去，可有一天，微信却把你和她、和他们又拉到了一起。然后呢，你发现你极力避开的人其实是你多么想再见一面的人，于是，你放下多年的克制……和过去一样，我这个骄傲的人在她面前却没有任何骄傲可言。

2

她的家在五楼，这栋家属楼的顶层。楼内没有电梯，走进昏暗的楼道，我听见从某户人家传来的电视机的噪声。会是他们吗？每天晚饭后看着电视，聊聊柴米油盐，辅导孩子的功课，这是她现在的日常吗？而在我眼里，她曾经是那么不同寻常。她直爽、骄傲，总是显得比我成熟。而且，她对我从不比对别人高看一眼。史涛则不一样，他喜欢我邀请他到我家里做客，他让我对我母亲说留他在我家过夜，我也听到过他对人描述我家的家具摆设、各式各样的灯，我们的爱华音响，我的吉他、随身听，我们吃饭时喝的易拉罐饮料，一盒盒的外国巧克力……显然，他喜欢这一切，以和领导的儿子结交为荣。但对于史涛所艳羡的我的家庭、我住的地方、我的一切新潮东西，她却仿佛无动于衷。她这种淡漠反倒让我感到，在她面前去炫耀我所拥有的任何东西都只会显得又蠢又俗。

我母亲察觉到了什么。有时我邀请她和史涛到我们家玩儿，母亲就尽力挽留他们在家里吃饭。而我感觉到我母亲请她留下吃饭只是为了观察她，母亲斜着眼悄悄打量她的眼光让我感到害臊。她倒像是没有察觉，自然而然，既不羞怯，也不显得过度热情。连我母亲也承认她是个举止大方的姑娘，却并不因此喜欢她。照我母亲的判断，这种家庭的女孩儿有得体的举止叫人很难相信，说明这姑娘其实很有心机。她这个势利的判断让我气恼，我们为此吵过不止一次。“难道你还真喜欢上她了？”母亲最后总会大惊小怪地问。我当然不承认，在那时候，承认自己爱谁简直是种羞耻。

但势利的人远不止我母亲一个，在我们那地方，势利基本上是一种习气。高二时，我们班主任做过一件明显对她不公的事，那件事本身当然让人气愤，却又意外地给我留下了一些难以磨灭的回忆。那年初冬，我们学校举办建校×周年庆典。庆典当天，我们都得穿着校服以班级为单位从大操场上列队走过，模仿部队的阅兵式。为此，我们开始早晚训练，每个班里都挑出一个女生做领队旗手，这个女生无一例外的都是班里最漂亮的女生。我们班的旗手是她。训练了将近两周后，某天早上，刚要开始训练时，班主任突然把她调换下来，让另一个女生替代。而我们都知道，这个女生的父亲是某局领导。小地方人对特权的谄媚就是到了这么滑稽的程度。我记得当时她平静地把旗子拿给那个女孩儿，然后就站在一边，拒绝归队训练。全班的人都看着这尴尬的一幕，我为她感到屈辱、痛苦。我想，如果班主任敢训斥她、强迫她，我就立即站出来。但班主任大概自知理亏，涨红着脸，低声而急迫地劝说她。她只是冷漠而倔强地看着他。突然，她转身走了，她边走边摘下戴着的旗手袖套和白手套，把它们扔在身后。她的背影充满了对她所遭遇的不公、对身后这个势利之徒和一群无聊围观者的轻蔑。那个孤独的身影在我心里催生出许多复杂的情绪：尊敬、欣赏、怜爱……我意识到我不应该是个旁观者，我也离开队伍，快步追上她。我听见班主任在后面声嘶力竭地喊着我们俩的名字，在同学们发出的哄闹声中，我们一起走出校园。

我们出了学校大门向右走，走过学校围墙的拐角处，朝后面田野和村庄的方向走。刚开始，我们俩似乎还处于一种激动的情绪中，谁也不说话。但周围的一切我都强烈地感受到了。那是个非常美丽的初冬早晨，空气清冽澄澈，到处都凉丝丝的，但并不寒冷，田野上、远处树林的边缘，都浮着一层奶白色的薄雾，还未完全枯萎的草叶上覆盖着薄薄的白霜，在初升的光线里晶莹剔透。

我们已经走了相当远的一段路，学校的后围墙渐渐显得低矮、模糊了。

她说："你不用跟我一起走的，你又何必因为我得罪老师呢？”

“我一点儿也不在乎得罪那个小人。”

“你当然不怕他，他敢对你怎么样呢？他只会欺负我。”她说。

“我不会让别人欺负你……”

她那双亮眼睛这时直视着我：“谢谢你。不过，我不是和你说过，我不用你保护我。”

我没再说什么。我想，真是个不领情的怪女孩儿。

停一会儿，她问我：“你说我是不是做得太过了？别人可能误会，以为我想当旗手。我一点儿也不想争那个旗手，我只是觉得他这么做太欺负人了。”

“你当然做得对。”我说。

“哦，你觉得对那就是对了。”她说着，转过头对我笑了一下。

从她笑的样子、她的声音里，我感到她是喜欢我陪着她走的。

又走了一段路，她突然调皮地看着我说：“我猜等我们俩回去，那个家伙会再把旗手让给我的。你猜呢？”

“我不知道……你觉得他会觉得自己做错了？”

“不是不是，”她打断我说，“因为他发觉要讨好局长的女儿，却惹了县长的儿子，他现在肯定在做激烈的心理斗争呢……”说完，她自己也忍不住发笑。她看起来心情好多了。而后来证明，她的猜测是对的。

那条窄小的柏油路中途变成了土路，分出一条向左的岔道，岔道沿着一条灌溉渠向前延伸，通到一片树林中去，林子后面是贾鲁河。晨雾还没有散去，远远看过去，树林里像是缠着一缕缕白色的绸带。我们拐上岔道，往河边走去。小路很窄，我走在靠灌溉渠的一边，渠里没有水，堆着枯枝和落叶。就在我们斜前方，靠近树林的边缘，有一片不知在修建什么的小工地，工地上支着一个墨绿色的帐篷，帐篷旁边有几个工人大概在做早饭，一柱白色的孤烟笔直伸向空中。在白烟即将消散的地方，在高高的林梢贴着天空的边缘处，有一轮硕大、橘红的朝阳。这景色美得出奇，我相信她也注意到了，但我们都没有说什么，仿佛不小心撞见这种美丽的人只应该凝神静气。

我们在树林里徘徊，然后又走到水边去。我们有时站得很近，坦然、热烈地交谈，有时她走开去了别的地方，去看一丛岸边的水草，或是去捡一颗鹅卵石？我隔一段距离看着她。薄雾，初冬的河水，湿漉漉的褐色枝干，河流转弯处曲折的岸……周遭这一切熟悉的事物却仿佛构成了一个我不曾见过、不曾呼吸过的新世界。

那个早晨也许是我们俩一起度过的最美好的时光。我们之间始终流淌着一股温暖的情谊、充满信任的默契。不说话的时候，我也能感觉到我们的心灵朝向彼此敞开，就像那个早晨本身，充满了光芒和新意。知道他俩在一起之后的几年，我试图给自己一个解释：毕竟，他们俩在同一个城市里读了同一所私立学校，日久生情不可避免……但我始终觉得这并非一个合理的解释。我觉得我们俩之间的关系一定是发生了什么我未曾察觉却关乎结局的变化，但这究竟是什么变化，又是在什么时候发生的，从哪个点开始我和她彼此远离了，我却全然不知。我忽略了某些变化，使得那个冬天早晨里朝我打开的那扇门关闭了。

而所谓“结局”发生在我这一生都不会忘记的那个下午。之前，我鼓起勇气去她家找她，请她第二天下午到我家来一趟。“史涛也去吗？”她问我。“我没有叫他，我有点儿事想单独问你。”我羞臊地说。第二天下午两点多，她来了。我父母都不在家。我们俩坐在客厅里说话，那时高考成绩还没有出来，但我们已经盲报了志愿。她报考的学校在江苏，我报考的学校在浙江。我们谈论着想象中的大学生活，说虽然去了不同的城市上学也一定要经常通信、互访……但交谈的气氛一直有些尴尬。

坐了一会儿，她问："你说有点儿事想单独问我？"

我结结巴巴地说了一通诸如我的感觉之类的话，最后说我想问的问题就是她能否当我的女朋友。

她愣住了，然后低下头。好像挺长的一段时间里，我们都没说话。

终于，她开口说话了，说她暂时不想恋爱，根本没有想过这件事。

"以后呢？以后会考虑和我在一起吗？"我还想给自己一点儿可怜的希望。

"我觉得我们还是做朋友更好，我已经习惯了和你当朋友。我非常喜欢和你在一起，但我对你……不是那种喜欢。"她说。她脸上的表情说明我让她多么为难。

"如果你这样觉得……"我羞愧得不知道说什么好。我明白我是被拒绝了。

她说她要走了。我也觉得在这个问题之后，我们俩再坐下去是对彼此的折磨。所以，我也站起身。

就在我们一起往门口走的时候，我不知哪儿来的一股勇气，问她："我可以抱你一下吗？"

"什么？"她惊骇得站住了。

"我可以抱你一下吗？"我问，没抱什么希望。

她竟然点点头，然后极度僵硬地站在那儿，涨红着脸，眼睛不看我。

我拥抱她。短暂的身体接触，宛如电光石火。我很快松开她，由于羞愧、震惊，由于自觉触碰了拒绝属于我的东西……她理理头发，似乎要抹去被我拥抱过的痕迹。我把她送到外面，她骑上自行车头也不回地走了，我在明晃晃的阳光底下站了很久，脑子里一片空白。

假期里，我们又见了几次面，但都是和史涛或其他朋友在一起。我们装作什么都没有发生。但其实生活变了那么多，至少对我来说是这样。那个夏天之后的日子沉闷、炎热、让人心灰意懒。后来，他们俩都落榜了，读了省城一所付费的私立大学。我则去了浙江。我们写信，直到她不再给我回信……

3

三楼靠近楼梯口的一家人关着防盗铁门，里面那扇门洞开，电视机的声音就是从这里传来的，此刻听上去音量更是大得惊人。透过防盗门的铁栏，我瞥见三四口人围着一张小圆桌，一边吃饭，一边看电视，我看到一个穿着印花睡衣裤的女人的背影，还有一个穿白宽带背心的男人的背影，我猜他们就是这家的主人，奇怪他们对这样大的噪声竟浑然不觉。无论在美国还是中国，我都不能理解边吃饭边看电视的一家子，深知我自己也永远无法过这样的家庭生活：我，还有一个女人、两三个孩子围坐在餐桌边，边吃饭边呆滞地盯住电视屏幕，或者（同样可怕地）热烈讨论着电视节目的内容，脸上浮现出一种痴愚的兴奋……

我到了五楼，很快找到那个门牌号。我在她家门外站了两三秒钟，没有看到门铃，就连敲了两下防盗铁门。在这里的每户人家，都装着这样的铁门，这样的铁窗……听到屋子里响起脚步声，我的心狂跳起来。随后，里面那道门开了，她站在防盗门后，隔着铁栏。尽管我想象了各种可能，但她的变化还是让我惊讶。她留着平直的短发，我记忆里那双总是在我面前炯炯地发着光的大眼睛似乎也小了一些，眼角微微往下耷拉。她看见我，眼睛突然亮了一下，只是在这一瞬间，我发现那双眼睛里射出一道和从前一样的光。

“进来，快进来。”她热情地说，帮我推开防盗门。

我注意到她的声音倒没怎么变。

我进门，我和她面对面站着，但这一切对我来说仍然不像是真的。

“天哪，你是不是又长高了？你过去好像没有这么高。”她有点儿激动地说，打量着我。的确，我觉得我显得比她高了许多。可能她瘦了，整个人也显得矮小了一截。

这时，我注意到一个肥胖的中年男人就在离我们很近的地方站着，头发稀疏，稍有点儿卷曲，仿佛有点儿矜持地笑着。

“史涛……”我说。他实在胖了太多！而他过去是个精瘦的男孩儿。

他这时才走上来，朝我手臂上打了一拳，用刻意加重的口气说："兄弟，你总算回来了。"

他们把我引到沙发那边坐下，沙发前面的玻璃茶几上摆着切好的西瓜、开心果，还有一碟糖果。她问我喝饮料还是泡茶，我说我只需要喝杯水，但她还是给我拿来一罐露露杏仁露。过一会儿，她又泡了一杯茉莉花茶放在我面前。长沙发是三人座，我和史涛坐在上面，她坐在旁边的一张单人沙发上。

说起各自的状况，我得知他们俩是在同一所高中教书，她教地理，他教政治。

"史涛的工作比我辛苦得多，"她说，"他是毕业班班主任。去年他的班里考走的学生最多。"

"那太不容易了！"我说。我明白她说的是怎么一回事儿。在我们这个小地方，升学指标是能压死人的东西。

"不容易。"史涛说，"因为去年的成绩不错，今年让我负责小班儿，县里几个领导的孩子都在小班儿，压力大啊。早上五点就得爬起来到班里去。周末也没有休息，四个星期能休息一天。"

"比我们当年还可怕，哪里是中学，简直是监狱。"我说。

“不这样干不能保证升学率啊，三所高中竞争很厉害。你们大学里教书的人就不用操心这些。”史涛说。

“你呢？工作辛苦吗？”我问她。

“我教副课，比他轻松一点儿。我多做点儿家里的杂活儿，外面靠他，他现在是名师了。”她说，笑着看了一眼丈夫。他没说话，露出一副郑重神情。

史涛问起我父母的情况。

“身体也还好，但人老了就会有这样那样的小毛病。”我说。

“避免不了的，没大病就算健康。”他说。

过一会儿，他说：“听说阿姨也被贷款公司骗了？前段时间贷款公司倒闭，咱县很多人都掉进去……”

我很惊讶他知道这件事。我想，那他应该也知道那些人堵在我家门口、叫骂着让我母亲还钱的事。我母亲当时不仅把她和父亲的钱存进贷款公司吃高利，还热心介绍亲戚朋友把钱也放在那里。尽管她什么回扣都没吃，而那些人也是出于自愿，但出事后，他们仍然来找她要钱。

我说：“她是瞒着我把钱放进去了。人到了这样的年纪，容易糊涂，还特别武断。”

史涛重重地叹口气，说：“唉，有时候街上看到他俩，也老了啊。我一直想去看看他们，可就是抽不出时间。”

“不用去，不用去，他们经常出门不带手机，你去了也未必见得到他们。”我说。我想他并非真想再见到他们。

她的眼睛瞅着玻璃杯里浮起的茶叶。“你喝点茶吧。”她殷切地劝我说。

“孩子、老婆也都回来了？”史涛殷切地问。

“我没有结婚。”我说。

“什么？”史涛惊骇地瞪着我。

“还没顾上。”我开玩笑地说。

他皱起眉，把手里正要剥的开心果放回到小碟里，似乎需要一点儿时间想清楚我的话。而后，他语重心长地说：“兄弟，工作归工作，婚还是得早点结，生两个孩子，人生的任务也算圆满完成。”

他不自觉流露的老师腔调让我想逗逗他。我问：“人生的任务？谁给的任务？”

“兄弟……这……这不是谁给你的任务，是我们得担负起的责任嘛。都像你这样不结婚不生孩子，家族、国家就后继无人啦。现在国家都在鼓励生二胎了……”

“生或是不生，这难道不该是自己决定的事儿吗？”

“‘自己决定的事儿’？”史涛重复着我的话，“兄弟，你还是那么理想主义。有什么事儿是自己能决定的？”

“就算在这样的环境里，也还是有很多事儿能自己决定。但我们有时不想自己决定，因为害怕压力，害怕周围人把自己当异类，人其实害怕自由。”

史涛的表情出现了短暂的呆滞，然后，他从夹住他、仿佛禁锢着他庞大腹部的沙发和茶几之间的狭隘空间里挤出来，像在讲台上那样在茶几和电视机之间的过道上来回地走了两圈，唉声叹气地说：“还是那样，兄弟，你还是那样，一点儿都没变，爱杠，而且，理论总是多得很，可是，人不能只为自己而活吧？那样不是自私吗？想想叔叔阿姨……”

“我们就不必争这个问题了，谁也说服不了谁。”我笑着说。这种无谓的争论在我和我的父母、友人之间不知发生过多少次。而对于这个再简单不过的个人选择，其他人却都觉得有权猜疑、谴责你，劝说你改变。

我注意到她只是微笑着看我们争辩。我刚进来时她有点儿激动的情绪平复了。偶尔，她睁大眼睛专注而直率地看着我，往日那种镇定、安详的神情像飞云的阴影般从她脸上掠过。但仅此而已。她的神情里已经没有我过去熟悉的那股仿佛努力克制住的热情和天真了，取代它的是一丝中年的惯常和倦怠。她坐得离我很近，在白色的灯光里，我们彼此看得更清楚。她脸色苍白，微微发灰，眼周和唇边散布着细纹。她像一朵完全干燥了的花，连衣服也过于中规中矩，就是一位疲于奔命的中学老师的样子。我想，生活并没有好好对待她。

后来，我们谈起某个星期六的凌晨四点、由她策划的一场在大街上游逛的“冒险”。

“想起来了，想起来了！”史涛拍着手、笑呵呵地说，“她让我们在她家墙外学狗叫。真会捉弄人啊。那时候咱们俩也傻，任人摆布。”

“学狗叫最保险，因为那条路上本来就有两条游狗。”

“但最后你爸还是追到了大街上。把我们都‘押’回家了。”我说。

“对对对，是在西大街、靠近消防站的地方找到我们的……”史涛回忆说。

“不是，是在靠近戏院的地方追上的。我们那时候还在唱歌，唱的什么你们记得吗？”她说，看着我。

“齐秦的歌，《巡行》《狼》。”我说，“‘我们在黑暗的街道巡行，怀抱着一种流浪的心情’……”

“你的记忆力一直都很好。”她说。

“我们还被你爸训斥了一顿。那时候找人真容易，就东西、南北两条大街。”史涛说，他仍然站着，又大声叹了口气，“唉，二十多年如一梦，‘弹指一挥间’，我的头发都快掉光了。”

说完，他不知从哪里摸出一个遥控器，把电视打开了。

“声音小一点儿吧，我们在说话。”她提醒说。

“有点儿背景音多好。”他说着，还是把音量调小了。

“他习惯开着电视，开着电视吃饭，开着电视备课……”她对我说，怀着歉意。

“不然容易睡着啊。”史涛瓮声瓮气地说。他浮肿的眼袋让他看起来十分衰弱、疲倦。

“你爸妈还好吗？”我问她。

“身体都还好。”她说，“我爸上班的棉毯厂早就倒闭了，他后来开了一家五金店，他和我妈轮流看店，反正顾得住他们自己……”

“不完全顾得住，我们每个月还得补贴他们一点儿的。人到中年，上有老，下有小，真不容易。”史涛在一旁说，眼睛仍然盯着屏幕，同时用力地猛甩两只胳膊，我猜这是他的锻炼方式。

她淡然地笑了下，没说什么。

“你还爱看闲书吗？过去你的书经常被老师搜走啊。现在好了，你可以搜别人的的书了。”我把话题岔开。

“你都还记得啊？”她冲着我笑了，“有几本书还是从你那儿借的。现在哪有什么时间看闲书。工作虽然没有主课老师忙，每天也被占得满满的。回到家又有很多杂事儿，时间一晃就没了。以前腾腾住在家，我晚上得辅导他。他今年刚上高中，在学校寄宿。”

“我看到腾腾的照片了，”我说，又看了一眼挂在墙上的家庭合影，“他长得像你。”

我注意到在窗户右边的一盆虎皮兰旁边放着一个吉他匣子。

“你弹吉他？”我问史涛。

“兄弟，我哪有那个闲工夫啊。”他说。

“是腾腾的吉他，”她说，“腾腾考上高中以后，假期想学个乐器，我给他在网上买了一把吉他。现在功课太忙，再也没时间弹了。”

“学种乐器多好，一辈子能自娱自乐。高兴或是心烦的时候，都有个寄托。”我说，走过去把吉他拿出来。

“你过去就弹得很好。”她说。

“说不上好，自己乱学的。”

“现在还弹吗？”她问。

“偶尔摸摸。”我说。

我试了试吉他，音色还可以，但音不太准了，大概太久没有调过弦。

“给我们弹个歌吧，兄弟。”史涛说。

“弹一首吧。好多年没听你弹过了。”她也说，起身找到遥控器，把电视关了。

“弹什么呢？”我说。但我心里已经有一段旋律，整个晚上，它几乎一直在那儿回旋。我把两根松了的弦上紧，稍微回想了一下开头的谱子，弹了甲壳虫乐队的*Yesterday*：

昨天，我所有烦恼好像已走远，
而今它又回到我身边
哦，我相信昨天；

刹那间，我不再是从前那个人，
当往昔阴影将我笼罩，
昨天，它突然又来临
…………

我只唱了前半节。我把吉他放下来，她轻轻鼓起掌来，史涛也跟着拍手。

“太好听了。”她说。

“好听是好听，就是听不懂。不过，这歌儿好像在哪儿听过。叫什么名？”史涛问。

“《昨天》，保罗·麦卡特尼的歌。”我说。

“不知道是谁。外国歌手都不了解。但这名字好，‘昨天’，让我想起咱们过去一块儿玩儿的时候。”史涛说。

他拧着眉头，好像在努力回想什么，但最后他用手掌揉揉眼睛，捂住嘴打了个哈欠。

“你以前唱过这个歌吧？我肯定就是过去听你唱过。”他笃定地说，试图掩饰自己的疲乏。

“确定没有，”我说，“我上大学时才学会弹这首歌。”

史涛有点儿费解地看着我。

“好多年前的老歌了。”我说，觉得自己应该告辞了。

“一定得找个时间请你吃饭。”我要走的时候，史涛说。

“好的，我们再约。”我说。

“我送你下楼。”她对我说。

“不用送。”我违心地说。

“让她送送你吧。我还得改会儿卷子。”史涛说。他这时显然是个大度的丈夫。

他趿拉着拖鞋把我送到门口。在那扇明晃晃的防盗门外，他紧紧握住我的手说：“兄弟，我劝你多回来看看，看看国家的发展。你看看咱县，过去的破房子破街都发展成了高档楼盘。不是很多人海归吗？我劝你也归吧，以后咱们见面多方便。”

我看着发福的老朋友，说：“你说得对啊。”

但我心里感到悲哀，他似乎说得很动情，动情地说着那些套话和老生常谈！他还是那个平庸的人，从观念到感觉，他都是平庸的。但是，他过去毕竟还是个单纯、充满生气的人，一个用树叶盖住眼睛、仰面睡在树下的男孩儿，一个喜欢在河边捡石头、打水漂、唱着歌消磨时光的男孩儿。现在，他身上沾染了一股庸俗势利的习气，还有那种小地方人出于无知的心满意足，无论是他的模样还是他的声音，都流露出令人悲哀的衰弱和暮气……

4

我们慢慢走下楼梯。我想，她就是在这里、这样生活的。二楼到一楼的阶梯一片漆黑，她说这几天楼道里的感应灯坏了。在黑暗里，我和她不知不觉走得更近。在楼梯口外面，我们停了一下，犹豫着是否该在这里告别。借着院子里的灯光，我看着站在我面前的这个女人。我想从她脸上看到什么呢？惋惜、遗憾？对她所拒绝的人的追悔？对她所选择的生活的鄙夷？可我什么都没看到。她看起来瘦削、疲乏，过早露出了初老的迹象，却似乎又对一切安之若素。而我又有什么无法释怀？她不过是个美丽和活力早已被时光消磨殆尽的普通县城女人，我们的生活、精神再也不可能有任何交集……可这和我心里的“昨天”又有什么关系?！这顽固的昨天，它像是被完好地封存在什么地方，那么多逝去的时日、流年的变迁都没能抹去它。在那里，我还是那个沉默地爱过她三年的人，她还是那个坚定地拒绝了我、也许从未欣赏过我的女孩儿，而和她在黑暗里走在一起的短短一瞬间，那个初冬早晨的感觉又会在心里全然苏醒过来，生动、清晰、熟悉得令人悲伤，连气味儿都不曾改变……

她带着我继续往大门那儿走去。我们走得很慢，可恶的是那道门离得那么近。我们在铁门前又站住了。

“你……过得都好吧？”我说。

“还可以。”她低下头。

然后，她抬起头看着我：“你呢？一个人也过得很好吧？”

“挺好。”我说。

“那就好。”她诚恳地说，“真好，你都没怎么变。我过去就知道你会走得很远……这样真好。”

“你该回去了吗？”我问。

“没事儿，再站会儿吧，外面的空气很舒服。”她说。

她仰头望望天空，但天空中并没有什么可仰望的东西，没有星辰，没有月亮，只有几小片云，飘浮在颜色浑浊的夜幕上。

我真想和她坐下来，不受任何打扰地好好聊聊。我觉得只要给她一点儿时间，她还是会像过去那样天真地敞开自己，那么直接地说出一些仿佛没头没脑却又是最真实动人的话。而我也有那么多的话想对她说，它们在这些年里累积起来，有时成为一种压迫。但无论在二十多年前，还是现在，我们之间的结局似乎都注定如此：尴尬、默然地相对站着，然后不得不匆忙告别。

我朝巷子的另一头走去。巷子里很昏暗，只有两个距离很远的、歪斜的路灯。走出去一段距离，我回头看，看到她仍然站在那道刷成蓝色的铁门外。我站住，朝她挥了一下手，她也朝我挥了下手。但我已经看不见她的脸，她的笑容、神情全都模糊在夜色中。之后，我再也没有回头看，我害怕发现她的身影很快消失不见、她站的地方空空如也……

2019年7月13日

良夜

1

除了我，还有谁记得那天晚上？二十多年后，坐在温哥华大酒店的包间里，萦绕在我脑海里的竟是这个古怪的问题。当年高一（2）班的“六人帮”，四个人都在这儿：我、徐丽、王凯和泽超。虽然住在同一个小城里，经常从别处听说各自的消息，偶尔还会在大街上遇见，我们四个却好多年没有聚在一起。另外两个男生则早已去了南方，和我们失去了联系。今晚，大家聚在这儿是为了欢迎从国外回来的小安。

我从未想过还能见到小安。他考上大学后不久，他们家也从县里搬去了市里。尽管市里离县里只有不到一小时的车程，但高中毕业后的二十多年里，我们再也没见过他。他今晚特地开车过来和我们相聚。初见时，我们都显得过于兴奋，甚至有点儿手足无措。餐桌上堆满了菜肴，陈列着各式各样的酒：葡萄酒、白酒、啤酒。我们点了最贵的生鱼片、酒店的特色烤乳鸽，但小安说他不吃鸽子，也不怎么去夹那些铺在冰面上的生鱼片。他只喝啤酒，让大家不要劝酒，说各自随意喝最舒服。我们都由着他。三个男人还以当年的绰号称呼彼此，但不再以绰号称呼我和徐丽了，可能出于尊重，也可能是因为生疏了。那时，在“六人帮”里，每个人都有绰号。我的绰号叫“马尾”，因为我姓马，喜欢梳高高的马尾辫。徐丽的绰号叫“鸭梨”，这和她长得水灵有关。王凯的绰号是“凯子”，泽超是我们里面年纪最大的，所以叫“大超”。后来我们认识了小安，他的名字原本叫少安，但因为比我们每个人都小一或两岁，所以我们随着大超叫他“小安”。

我不记得当初我们这些人是怎么凑到一块儿的。大超他们几个逃课打架、抽烟打牌，入学不久就成了全年级有名的“混子”。而我和徐丽在初中时就是好朋友，我们都住在县城西边的食品厂家属院。我忘了我们俩是谁先和那几个男生混熟的，然后另一个也自然而然地加入了。我记得那些课前或课间休息的时间，我们六个人常常一起趴在三楼的栏杆上笑闹闲谈，俯视从楼下经过的人。大超他们有时恶作剧地往下扔粉笔头儿、吐唾沫，有好看的女生经过，他们就吹口哨、发出怪声、起哄。有时，我们在自习课偷偷溜出教室，去操场或什么地方溜达，被老师抓住后一起在教室外罚站或围着操场跑圈儿。我们的“道义”很简单，就是一人犯错，其他人都要陪同受罚……我和徐丽当然被其他品行端正的女生抛弃了。我对此无所谓，我本来也看不上那些小心眼儿、假正经的女生，觉得和男生混在一起比较酷，也比较坦荡。徐丽的名声本来就不好，她初中时和一个男老师好过，在好女孩儿们的流言里，她早已不是处女，甚至还堕过胎……虽然帮里这些男生在别人眼里都是混混，但他们对自己人讲义气，在我的印象里，他们从未提起过有关徐丽的传言。

小安并没有加入过“六人帮”，也不是我们（2）班的学生，是大超介绍他和我们认识的，他俩有一点儿远亲关系。我记得在那个就像俗话所说的“命中注定”的一天，早晨下过一场小雨，天气清凉。在上午第三节课和第四节课之间的休息时间里，当我们又一字排开趴在三楼栏杆上俯瞰行人时，从楼道另一边走过来一个男生，穿着牛仔裤和白色的T恤衫。大超说：“来吧，都认识一下……”那男生和凯子他们打招呼，对我和徐丽只是礼貌地笑了下。而后他背倚着栏杆（而不是和我们一样像弯背虾似的上身悬挂在栏杆上）和其他人说话，姿势很潇洒。我记得他走了以后，我和徐丽立即开始说他的坏话。徐丽翻着白眼儿说：“傲什么傲？以为自己了不起啊！”但我知道，我们之所以迫不及待地说他的坏话，是因为我们俩都把他记住了。后来，我们了解了更多关于小安的事以后，我们才知道，如果不是大超的关系，他也许永远都不会和我们这种人有什么交集。他母亲是县领导，他是老师和教导主任的宠儿，他的照片一直张贴在全年级前十名的好学生宣传栏里……他和我们属于泾渭分明的两个世界。

很少有记忆像那天上午的那样清晰、历历在目。有时我任由自己沉浸在回忆里，我就能闻到那股雨后微腥的气息，感觉到站在高楼栏杆处时那股透过衣衫、沁着皮肤的凉意。而很多年来，小安在我印象里也始终是我第一次看见他的样子：穿牛仔裤和白色T恤衫的少年，头发像那个打网球的张德培——乌黑、蓬松、柔软，以那样的姿势背倚着栏杆，眼睛里含着笑意，那笑意让他显得温柔，又有点儿说不清楚的疏远。

和那晚一样，我坐的位置和小安之间隔着大超。大家都在热闹地说话，说着各自的生活，而我实在想不出我的生活有什么可说，可沉默又让我感到更不安。我僵硬地坐着，处于一种有点儿恍惚、焦虑的状态。我听见他在说话，感觉他那变得低沉、浊重了的声音好像自很远的地方传来，然后它穿过漫长的、空空荡荡的距离，变得单薄了，轻盈了，和另一个声音交织、重叠在一起。那晚停电后，我们几个在楼顶聚会的情景不断在我脑海里浮现，那个漆黑、溽热的夏夜的回忆和眼前灯火通明、觥筹交错的餐厅里的景象交织起来，令我心里产生一种强烈的起伏，就像我上一刻还是个尖锐、无畏的少女，突然一下就跌进了惶惑、颓败的中年。

他说他老婆带孩子回西安娘家了，所以今晚不能来和大家见面。“她不在更好，咱们可以好好叙旧。”他轻松地说。凯子劝他吃菜。“太隆重了，其实吃点儿老家的小吃最好。”他看着满桌的菜，有点儿无奈地说。大超说：“咱们老伙计多少年不见了？必须按最高规格招待。”我看见他拍了下大超的肩膀，有点儿动情地说：“大家能坐在这儿说说话我就特别高兴了，其他都不重要。”这时，他像是突然注意到我，越过大超对我说：“你怎么样？都很好吧？”我愣了下，装作不在意地说：“都很好，除了……离婚了。”我本想拿它当一句玩笑话，结果发现其他人表情都讪讪的。我想，还是那样，在他面前，就像不知该怎么说话……他起初看起来有点儿费解，好像不明白我说的话是不是真的，但他很快反应过来，也用开玩笑的语气对我说：“有时候离婚未必不是好事儿。”“谢谢安慰。”我干巴巴地说。徐丽插话说：“就是，犯浑的人咱就把他炒掉，说不定还能再找个小鲜肉，姐弟恋一下呢。”他这时转过头对她说：“能不能别在我们中年男人面前提‘小鲜肉’啊、‘姐弟恋’啊，有点儿伤人。”徐丽听了用手捂着嘴笑。他又看着我说：“晓静还是那么爽朗、心直口快。”“哦，改不了了，直肠子。”我调侃地说，却担心自己的脸是不是红了。“明明是优点，为什么要改呢？”他说。

小安的确变了不少，那都是年龄必然会给人带来的变化：男孩儿面孔的柔和曲线变成了硬朗的男人线条，表情里有了一点儿中年人的狡黠和世故，肩膀变宽了，皮肤出现了沧桑、粗粝的纹理，甚至发质也变粗硬了……他也不像过去那么沉默寡言，还爱说几句笑话。但对比起我们几个的变化，他又像是没怎么变。他转向别人说话时的某个侧面或姿势，立即就会让我想到当年的他，而他眼睛深处仍有那种散淡、温柔的笑意。

坐在他旁边的徐丽一直在笑，她笑时掩住嘴巴的姿势和少女时一个样儿，像古装剧里羞答忸怩的小姐。她穿着一件玫红色的V领羊绒衫，露出的皮肤很白皙，浓妆的脸上最引人注目的是那两片红唇。我猜想为了保护红唇，她都没怎么吃菜。我意识到徐丽虽然还是好看，却好看得有些吃力了。如果一个女人老了，又用力涂抹打扮，反倒容易显得俗气或可怜。不过，我又有什么资格评论她呢？无论在谁看来，我的想法都有酸葡萄心理的嫌疑。当年，在“六人帮”里，我的角色是假小子，她才是纯粹的女孩儿。何况到了这样的年龄，我早已安于黯淡。但现在的问题不是黯淡，而是那些丑陋的伤疤、色斑……幸好是冬天，毛衣的高领可以完全遮住我的脖子，我把长袖拉得盖过手背，只露出半截手指。

今天晚上，我是有些惶惶不安，不管出于多么荒唐的原因，我尤其不想让他看见这些伤疤和色斑。对于我这样一个已经浑浑噩噩地过了大半生的女人，一个在糊糊涂涂的恋爱和婚姻里虚掷了青春的女人，一个生过一场大病、差点儿死去的女人来说，还有什么比见到少女时代倾心的人更让人伤感的呢？当然，我对他的感情不过是虚幻而荒唐的，可这虚幻的东西却从未从我心里消失。它就像记忆里的一个熄了灯的房间，只需要擦亮一根火柴，里面所有的东西又会一下子在亮光中浮现。相比而言，我曾以为实实在在的那些东西都改变、消失了，二十多年的光阴就像一场混乱、纷扰的梦。

2

大超把小安介绍给我们以后，在很长一段时间里，我和徐丽都没怎么见过他。他从不加入我们的栏杆聚会，只是和男生们一起出去打架。如果他们在闲谈里说起他，我们俩就会假装不在意却十分用心且满足地听着。当我们一如既往地伏在栏杆上眺望，如果看到小安在楼下或从楼道另一头走过，这对我们俩来说都是让人激动的意外收获。但有收获的时候毕竟很少，高一结束前的夏天的光阴似乎就在时常落空的期盼和偶尔收获的惊喜中消磨过去了。

暑假里的某个下午，我们又聚在百货商场三楼的台球室里。台球室里烟雾缭绕、空气污浊，男的边抽烟边打球，骂骂咧咧地围着台球案走来走去。也有三四个女生，跟我和徐丽一样，坐在靠墙摆着的一溜椅子上，边观战边叽叽喳喳地聊天。临走时，我们约定晚饭后都去凯子家。凯子的爸妈喜欢晚饭后出门打麻将，他家位于一栋家属楼里的三室一厅小单元就变成了我们的聚会地点。就在这时，大超对凯子说小安晚上也过来。“真的假的？那个很傲的人也来啊？”徐丽问。“很傲？小安一点儿也不傲啊。”大超说。我觉得自己心跳得厉害，所以什么都没说。

那天下午，我把衣柜里有限的几件裙子和上衣变换着各种方式搭配，反复穿上又脱下，折腾得身上汗水淋淋。最后，我出门时穿的却是一件最不起眼的圆领衫和牛仔短裤。我想，如果我平时聚会穿得很普通，今天却盛装打扮，那么其他人会立即看出来我想要取悦某个人。当我和徐丽在食品厂家属院的大门口会合时，我发现她不仅穿了那条最好看的碎花连衣裙，脸上还扑了粉。她倒是从不掩饰自己的用意。

我们到凯子家的时候，除了小安，几个男生都在。徐丽有点儿狐疑，但也没问什么。我们很快加入牌局，按照老规矩，牌局不赌钱，输的人要往脸上贴纸条。徐丽坚决不干，他们嚷嚷起来："女生就要搞特殊啊？凭什么？"我说："鸭梨今天化妆了，你们没看到吗？贴纸条不是把人家妆弄坏了吗？真没风度。"

"行啦，让她臭美去吧。"凯子笑嘻嘻地说。

"我不贴，你也不用贴，这样公平。"徐丽对我挤挤眼。

"行，女的不贴，但你们总得受罚啊！不然就让赢家刮鼻子，刮三下。"大超说。

"这规矩不错。"其他人附和。

“就这么定了！谁怕谁啊？”徐丽说。

“我不要刮鼻子，我愿意贴纸条。”我说。

“真是个怪人。”徐丽不满地嘟哝。

没过多久小安来了，男生们招呼他的样子显得很客气。像以前一样，他和他们打招呼，只对我和徐丽笑了笑。牌局多出来一个人，小安说他先观战，就拉了一张椅子坐在大超旁边。打第二局的时候，房间蓦地陷入黑暗，大家在黑暗中呆若木鸡。

怎么回事儿？大家问着，骚动起来。

“妈的，又掐电了。这几天线路有问题，可能在修，前天晚上也掐断了一会儿。不过，等会儿就来了。”凯子唉声叹气地说。

“那怎么办？有蜡吗？”有人问。

“有蜡，不过屋里没吊扇热得待不下的。算了，先不打了。咱们去楼顶吧，透透风，聊聊天。”凯子说。

于是，我们一群人借着客厅窗户那儿透进来的一点儿光往门口摸去。按照凯子的指示，我们要从三楼上到五楼，然后再爬一段铁梯，上去五楼的平台。大家上楼时，我还在门口站着、犹豫着。因为我的眼睛近视（联想到我一点儿也不爱读书，这近视显得莫名其妙），在黑暗中几乎成了瞎子，必须用更长的时间适应铺展在我面前的各种形状，确定哪里是扶手，哪里是台阶，哪里是楼梯转角……楼道里一片漆黑，前面的人变成了一团团浓黑的影子。我想喊徐丽一声，又觉得不好意思。后来，我开始上楼，上得很慢，小心翼翼。快到第一个楼梯转角处时，我踏空了一个台阶摔倒了。我赶紧站起来，确定没人听见我刚才发出的叫声。黑影都消失了，楼梯上是空荡荡的沉寂和漆黑，我只听到从楼的最顶端传来含糊不清的说话声。我活动了一下脚踝，确定没有扭伤，只是膝盖蹭到了楼梯上，有点儿火辣辣地疼。我在四楼的第二段楼梯上摸索着往前走时，突然听到有脚步声从楼上下来，然后看到一个黑影出现在我的斜上方。我吓得站住了，感觉到汗水顺着脊背往下流。

“你没事儿吗？”那个黑影也站住了。

“没事儿。我就是……有点儿近视，看不太清。”

“我以为你们都上去了。”我又说。

“他们都去平台上了，我发现少了一个人，所以我下来看看。你刚才是不是摔倒了？”他问。

“没有，就是不小心绊了一下。”我说，心想他大概听见了我的惊叫声。为了证明我没事儿，我故作轻快地往上走，险些又绊了一下，我及时扶住了墙。

“来吧，我帮你。”他说着走下来几步，朝我伸出手。

我迟疑了一下，拉住他的手。

“你跟着我走就行了。”他说。

我们沉默地往上爬，严严实实的黑暗里仿佛听得见各自的屏声敛气。

似乎为了打破这种让人尴尬的寂静，他问我：“你近视多少度？”

“三百度吧。”

“那还不戴眼镜？不过比我好点儿，我三百五十度。”他轻松地说。

“可你也没有戴眼镜啊。”我说。

“我戴的眼镜你看不到。我戴隐形眼镜。”他笑了。

他拉着我爬到五楼，推开一扇门，进去那个有铁梯的楼梯间。从楼梯间天窗透出一点儿天空的亮光。很自然地，他松开了我的手。

“谢谢你。”我说。

“客气什么。”他说。

然后他问我：“你就是‘鸭梨’吗？”

“不是。”我说，很惊讶他甚至还没有分清我和徐丽。我告诉他说我叫马晓静，他们说的“马尾”。

“这外号怎么来的？”他问。

“因为我总是扎马尾辫儿。”我说。

“这些家伙真损。”他笑着说。

“没什么，他们都把我当男孩子，习惯了。”

“是吗？你的声音一点儿也不像男孩子。没有人说过你的声音很好听？”

我怔住了，正琢磨着如何应对这个我从没遇到过的问题，他却不在意地说：“走吧，我们该上去了。”

我有点儿犹豫地看了看那段铁梯子。

“你先上，我在后面，这样你万一掉下来也不至于摔到地上。”他开玩笑说。

相比楼里的黑暗，平台沐浴在各种来源不明的光里，朦胧，却足以看清另一个人。空中偶尔掠过一丝风，但被白日阳光晒透的水泥地的热气往上蒸腾。他们在不远处坐成一圈。我们走过去的时候，有人嚷：“你们俩躲哪儿去了？”

“弄丢了一个人你们都不知道？”小安说。

“马尾会丢？你太不了解她了，她可不需要人照顾。”大超说。

“嗯，我们还需要马尾罩着我们呢。”凯子打趣说。

我说：“我有点儿看不清楼梯，要不是小安回去接我……”

“静静也会迷路啊？”徐丽哈哈笑，拍着她旁边的一块地方，“快来快来！”我不知道她喊的是我还是小安。

“小安，快来，坐这边。”徐丽又喊起来。

“叫你呢。”我说。

“哦。”小安应了一声，过去坐在徐丽旁边。我跟过去，坐在凯子和大超中间。大家紧挨着挤坐在一张破破烂烂的蒲草席上，草席也透着温热。凯子递给小安一支烟，他很娴熟地点上抽起来。徐丽也向凯子要烟。“有没有搞错？”凯子学着广东腔说，但还是抛给她一支烟。她让小安帮她引火。她抽起来，咳嗽着、笑着。

“晓静也来一支吧，既然大家都抽？”小安问。

“行啊。”我爽快地说。

“女同学今天也都放开了。”凯子咧嘴笑着，给我点上了一支。

我们坐在半明半暗的光中，裹在辛辣、呛人的烟雾中。我不得要领地抽着烟，学他们转身把烟灰弹落在身后的水泥地上，猜着这光是从哪里来的：是天空里残余的白日的光亮、星月的光还是从别处折射的灯光？徐丽兴奋得哼起歌来，肩膀和头部配合着节奏微微地左右摇摆。她和小安挨得很近，头几乎歪到他的肩膀上。当然，为了坐在这张防止我们屁股被烫伤的草席上，我们每个人都挨得很近。空气里除了烟味儿，还有汗味儿、头发里散发出的味道……这股热烘烘的混杂气味让人胃里不大舒服，同时却让人的精神有种醺醉般的松弛感。有那么一种燥热、亲昵、骚动不安的气氛，让人想张狂地飘起来，又想无力地坠下去。那是夏天夜晚才会有的气氛，温柔而又暴烈。

后来，大家聊起正在放映的《纵横四海》。徐丽赞叹说张国荣跳舞太帅了，如果她能和张国荣跳舞，死了也值。小安转过头问她："你也喜欢张国荣？""当然喜欢了，谁不喜欢他？"徐丽激动地说。接着，她说了一句让大家都有点儿惊讶的相当直接的赞美："别说，我发现你还真有一点儿像张国荣。"

“胡说。”小安轻声反对，仿佛不好意思的是他，“我哪一点儿像他？”

“我喜欢发哥，那才叫帅，真硬汉，英雄本色！”大超喷出一口烟，傻气地宣称。

但徐丽不理会大超的观点，问我：“静静，你说，小安是不是有一点儿像张国荣？”

我不知道该说什么。

“她不好意思说，因为一点儿也不像。”小安笑着对徐丽说。

“‘不好意思’？我就从来没见过静静不好意思。”徐丽说。

不知道为什么，这句话让我生气，觉得受了伤害。我想回敬她，甚至也想出了怎么回敬她，但我最终只是笑笑，什么都没有说。

徐丽此时看起来比平常更好看，她披散着长发的脑袋痴痴地歪着，连衣裙的宽大裙摆软塌塌垂落在席子上，纤秀的小腿和足踝从裙摆下钻出来。她整个人像是灵动起来，因为某种外力的影响，散发出异常的光彩。虽然她的忸怩作态有时令我反感，但我也时常羡慕她，不是她的容貌，而是她的勇敢：她勇敢地展示她女性的魅力，勇敢地表达她的喜欢……很多人会觉得我比她勇敢，只是因为我的作风像个假小子，但这并非勇敢，我连穿一条裙子、涂上口红去诱惑我喜欢的男人的勇气都没有。

那个夏夜聚会对我来说就像一出被分成了上下两场的戏。上半场，我有一个黑暗中的“奇遇”，而下半场里，我的奇遇化为泡沫，不留影迹。我无法不去注意徐丽和小安的举动、窃窃私语。他帮她重新燃着熄灭了的烟，在她的要求下做吐烟圈的示范动作……他看起来很快乐，完全沉浸在两个人的游戏中。我想，现在他能清楚地看见我是什么样子、她是什么样子，黑暗和声音的魔法消失了。

3

已经过了10点半，到了不得不散场的时间。大家走出酒店，站在外面的停车场里又一次告别。晴冷的冬夜，天空中竟然有几颗稀疏的星星。我穿着大衣，裹着围巾，仍然冻得双腿打战。男人们都开了车过来，但凯子喝多了，车只能扔在酒店停车场，大超说由他负责送我们三个回去。在我们讨论路线时，小安说：“晓静家是住城南？我刚好经过那儿，我把她捎回去吧。”

事实的确是这样，他回市里一定要走南环路，那就会经过我家所在的迎宾大道，而大超和徐丽家都在县城的西北边，凯子家在北边，他们如果先送我回家，回去还要绕大半个城。但这顺理成章的提议却仿佛一股强劲的波浪，蕴含着幸福的所有神秘气息，一下子涌上来把我淹没了。当他们仍然站在那里对小安嘱咐着什么，又是拉手臂又是拍肩膀时，我几乎什么也没听见，只是沉默不语地站在一边。冷冽的空气好像渗进体内更深的地方，使我的整个身体都止不住地发抖，但同时我心里的炽热让我想在寒冷里独自走上一个小时。

他拉开车门时，我犹豫了一下，坐进副驾驶的座位。直到我们驶出酒店的大门，他才转过头开玩笑地问：“你坐车从来不绑安全带吗？”

“哦，忘了。”我低头慌乱地找到安全带，把它扣上。

“老家的人好像都不爱绑安全带。我发现每次我爸开车，我妈坐副驾驶座，她都不系安全带。”

“小地方的人，没有这种意识。”我说。

他“嗯”了一声。

过一会儿，他突然问：“真的，你都好吧？”

“你是指……挺好的。其实离了婚以后一个人过还更好些。”

“我不是指这个。吃饭时你好像没怎么说话。我印象中你挺爽朗、挺爱说话的。”

“会吗？我们一起玩儿的时间那么少。我印象中你只喜欢和大超他们去打架。”我说。

他笑起来：“那时候很幼稚，老怕人家觉得我是个书呆子，就跑去打架，干一些傻事。”

“吃饭的时候，我还在想那时候的事，不知道你们谁还记得那天晚上在凯子家，就是停电那次……”

“当然记得，我们还爬到楼顶上。”他说。

“简直像做梦一样。那时候才十四五岁，转眼就老了。”

“什么老了。”他轻描淡写地反对，然后问我，“你觉得冷吗？我把暖风开大点儿吧？”他说完去调一个按钮。

“我不冷，就是刚才在停车场里感觉挺冷。”

“是吗？我觉得你在发抖。吃饭的时候包间里很闷热，你也裹得很严实，像只松鼠。”

“松鼠？”我问他。

“嗯，松鼠。美国有很多松鼠，颜色和你的毛衣一样。”他说着，转过头看着我笑了。

我知道他在拿我开玩笑，我也笑了。他的话让我轻松了一些。我突然想到，为什么不告诉他呢？我们今后可能不会再见面了。

我对他说：“我生了场大病，差点儿死。不过现在都好了。我脖子上有伤疤，手上也长了好多斑。好多年不见了，我可不想吓着你。”

他听了以后没说话，脸变得很严肃。

“前面路口左转，就快到了。”我对他说。

“没想到。我只是觉得……这种事像是不会在你身上发生。”他说。

我有点儿费解地看看他，他没有看我，盯着前面空荡荡的路——大街上一个行人也没有，路灯稀落，夜色里渗着寒意。

他似乎察觉到我的费解，又说：“以前觉得你特别直爽、开朗，我总感觉这种性格的人会过得很好。”

“也不算差。这不还好好地活着？”我故作轻松地说。

他转过头，又对我笑了一下，表情说不出是怜悯、安慰还是悲伤。

过后我们都不再说话，直到我看见那块熟悉的暗红色招牌。它的出现竟让我的心揪了一下，像在一片柔和的、让人伤感的寂静里，闹钟突然刺耳地响起来，提醒我们：时间到！

“前面那个挂着‘雨润’牌子的地方停一下就行了。”我说。

他按照我的指点在店铺前面的路边停下车。商店当然早已经关了，广告牌上的荧光灯还亮着，一块斜斜的红光落进车里，落在我们腿上。

我打算下车时，他突然说：“你要是不急着睡，我请你吃夜宵吧。我刚才没吃多少东西，我感觉你也没吃什么。”

我惊愕地坐在座位上，但我很快猜到他为什么会临时有这么个提议。恐怕是因为在他心里，忽而出现了这么一个令他于心不忍的可怜形象：一个受了生活打击、病了老了的女人，在他面前想要拼命遮住自己的伤疤和色斑……

“我不急着睡，不过，你回家会不会太晚了？”我说。

“你不用担心我。我习惯晚睡。而且这些天闹时差，我两点之前也睡不着。要是吃点儿东西，再和你聊聊，还可以醒醒酒，对我来说更安全。”他说出一大堆理由，尽力把这提议说成是为自己考虑，说成是他需要我陪他，而不是他愿意陪陪我。

“好啊，你想吃什么？”我说。

“什么都行，只要是热的、好吃的东西。你知道有什么吃夜宵的地方吗？”他问。

“这个时间餐馆肯定都关了。人民广场有夜宵，砂锅面、羊肉汤什么的，但要坐在外面……”

“都是我爱吃的，我也喜欢路边摊。”他似乎兴致很高地说，“不过，天这么冷，不能让你坐在外面受冻。再想想，有没有一个比较温暖的地方？”

于是，我们坐在车里想。

最后，我有点儿不好意思地说：“不然到我家去吧？我昨天包的素饺子，鸡蛋、韭菜、粉条馅儿的……冻在冰箱里。我们煮点儿饺子吃？”

他好像想了一下，然后说："要是方便的话……"

"没什么不方便的，家里只有我一个人。你别嫌乱就行。"

"那怎么会？"他笑着说。

他停好车，我们顺着商店旁边那条黑漆漆的小胡同走去我住的那栋楼。我心里激动不已，觉得这是我今天夜里做的最惊人也最正确的事。

"楼道里的感应灯坏了，先适应一下黑暗。"走进门洞时，我停下来对他说。

"还好，不是太黑，外面的路灯光照进来一点儿。你住几楼？"

"三楼。"我说。

我们一起上楼，我在前面带路。

"你现在眼睛好了？"他在后面问。

他这个不经意的问题一下子把我带回到很多年前那个夜晚、那个漆黑的楼道里。一切像是扑面而来，我不得不停一下，像是要听清楚某些回声，或是留住那些涌上心头的东西。

"我做了近视眼矫正手术。而且这是我天天走的楼梯，瞎摸着也能摸上去。”我说，说完又继续往前走去。

我们俩走进我的两室一厅小居室。他夸奖说它是个“干净、舒适的小窝”。我让他坐在客厅里喝茶，我去厨房煮饺子。但他很快跟进厨房里，说他待在这儿至少可以陪我聊聊天，发挥一点儿作用。和他一起待在这个狭小拥挤、不足十平方米的厨房里，我突然有点儿紧张。我担心会发生什么，并不是说我觉得小安对我有任何企图，而是过去经历的一些事让我明白很多事并非是在有“企图”或“准备”的情况下发生的，它就是会发生，出于男人的本性，由于碰巧在那样暧昧的时间点、那样的空间……一个念头闪过：如果它发生，如果我喜欢、崇拜的男人想和我亲热，那难道不正是我想要的？但我立即确定并不是这样，因为它既不是我现在想要的，也肯定不会是他在任何清醒理智的时候想要的，最后反倒有把过去我们（至少是我）珍视的东西毁坏的危险。

不过，那只“忧虑”之手很快放开了我，就像一场预料中的雨并没有来临，黑云飘走了，雷声隐退了，天空又明朗起来。他站在一个相宜的距离之外和我说话，看起来没有任何企图，亲切而又无忧无虑。这距离既不会让我觉得他试图避开我，也不让人感觉太亲热。

就在我打开冰箱取出冻在里面的水饺时，我突然意识到我已经无意识地把毛衣袖子高高卷起来，我那双因为长期服药而长满斑点的、肿胀的手暴露无遗。我确定他已经看到了，我感觉到他的目光在我的手上停留了一下，但当我朝他看过去时，他已经把目光移开了，看着锅里将要沸腾的水。我想，再试图掩盖就太蠢了。我镇定地往锅里拨拉着饺子，而这时他又把目光转去别处了。

“你吃几个？”我问他。

“二十五个。”他准确地说。

“看来你真没吃饱。”

“小地方的所谓高档酒店里的东西一般都是最难吃的。”

我听了没说话，它多多少少也伤害到了我这个小地方人的自尊心。

“看见了吧？因为吃药，手上长了很多斑，像老年斑一样难看。”我说着，故意晃了晃我的手。

“没什么啊……就像小雀斑一样。雀斑也挺可爱的，我觉得一点儿也不影响。”他扫了一眼我的手，淡淡地说。

“要是每个人都像你一样目光独到就好了。”我笑着说。

饺子煮好了，我们坐在客厅的沙发上吃。沙发前面有个茶几，就是我吃饭的地方。

“委屈你了。我没有餐桌，一个人吃饭不需要餐桌。”我对他说。

“一点儿也不委屈，这是我这几天吃得最好的一顿饭。”他冲我笑了下。

“我不信。你好不容易回来，肯定天天吃大餐。”

“没错，我想在家吃顿家常便饭都不行，每天吃的都是我们今晚吃的那种食物，其实我一点儿也没胃口了。”

“大家也是为了表达心意。”我说。

“我明白。所以，大家都不问我想吃什么，只管点最贵的。”

“不过，今天大家真的特别高兴。”我说。

“我也特别高兴，有点儿激动。”他说。接着又兴冲冲地补充道，“尤其最后还能吃上这么好吃的饺子。我很少吃素饺子，没想到素饺子也这么好吃。”

他看起来吃得很香。突然，他想起什么似的抬起头对我说：“你真不必在乎别人怎么看你，你是个特别好的人，要有自信。”

他语气里的某种东西让我觉得他很天真，天真得有点儿置身事外或者说不接地气。

我叹口气说：“不在乎别人怎么看？说起来容易，你不知道在这个小地方，一个离婚的女人要经受什么，大家看你的目光都不一样。有的男人半夜喝醉了会来敲你的门，在楼下喊叫……你就算什么都不做，名声也坏了。”

他专注地听着，听完温和地说：“多少能想象……所以，你想再婚吗？”

“再婚？啊，我只是告诉你一个离婚女人的真实处境。谁会要我这个病篓子、药筐子啊？”我说着笑出声来。

他没有立即接话，过了一会儿才说：“难道你认为所有男人都一样吗？也许总有个人能看到……”

“没有人像你想得那么简单，”我轻声打断他说，“你已经不了解这里的人了，我了解。”

“或许吧。”他低下头说。

这时，他的手机在我们面前震动了一下。他拿起来看了一眼，告诉我说他们在微信群里发信息问他到家了没有。

“你怎么说的？”他回信息的时候我问他，心想他一定会撒谎。

他有点儿顽皮地看了我一眼，说："什么怎么说，当然直说。我说我正在你家吃饺子呢，让他们羡慕去吧。"他说完，对着盘里剩下的几个饺子拍了张照片。

我笑了笑，没说什么，但心里很感激。而且我想到，至少这一次，徐丽会羡慕我。

他吃完了他的二十五个饺子。我问他："吃饱了吗？我再去煮一些？"

"不用，吃得真舒服。"他说着，看了一眼手表，站起身把盘子送去厨房。

"我来。"我说着，跟进厨房，接过他手里的盘子，放进水槽里。

"我看我得走了，你也该休息了。"他说。

"你确定你酒醒了吗？能开车？"我问他。

"好多了。谢谢你。"他说。

他坚持不让我下楼送他，我们就在门口告别。从虚掩的门缝里透过的一条灯光朦胧地照亮了门前一小块地方和往下去的半截楼梯。整栋楼里静寂无声，我们压低声音说着告别的话。说完了，他没有立即离开，而是朝我伸出一只手。我惊异地看见他眼睛里的笑意，明白了他的意思。我的身体不由自主地哆嗦了一下，伸出我的右手，他握住了它。他的手干燥、温热。我的手冰冷、潮湿。然后他松开我的手，说“你赶快进屋去吧”就转身走了。很快，他消失在黑暗的楼梯拐角处。又过了不久，连他的脚步声也消失了。

我恍恍惚惚地走进屋，关上门。屋里比楼道里温暖多了。我在沙发上坐下来，还是有点儿无法相信这件事：小安来过这里，他刚刚和我坐在一起，就坐在这里。我突然想起什么似的拿起手机，打开那个微信群，把他发在群里的照片存下来。自他发了那张照片以后，再也没有人说什么。然后，我久久地盯着那只手——一只病人的手，我常常想要藏起来的手，手掌肿胀，手指微微变形，皮肤暗沉、长着褐色的斑块。现在它完全地伸展开，看起来似乎也没那么难看。我把脸埋在手掌中，体会那一点儿残留的感觉：一个冰凉的东西在一个温暖的东西里将要融化的感觉。他握了我的手，我知道那并不是随便的告别仪式。我又走进厨房，什么打算也没有，什么也不干，只是站在灶台的前面，看着水槽里他用过的盘子、漆黑的窗外、对面早已熄灭了灯的黑沉沉的窗户……

我以为我会度过一个不眠之夜，但还是在各种不着边际的回忆、浮想中沉沉地睡着了。后半夜，或许已经是黎明四五点钟的时候，我醒了，因为做了一个很阴沉的梦。在梦里，我梦见小安死了，我并没看见他，而是从哪里听到了这个消息，然后我开始赶路，路上下着大雪……这只是梦，但我想到它其实包含着某个真实的信息，那就是，我再也不会见到他。我在黑暗中坐起来，刚醒时的惊惧消失了，除了那带有一丝绝望意味的凄凉感觉：我再也不会见到他。后来，我回想着正在过去的这个夜晚所发生的事，它们像颠三倒四的电影画面在我的脑海里回放。在这个冬夜和那个夏夜之间，存在着一种奇特的关联和重叠。我想到小安身上那种温柔，它大约是与生俱来的。过去，他没有意识到这个，随意地使用它。现在，他的温柔更带有一种细致、谨慎的善意。在我住的这个闭塞、粗糙的小地方，最稀有的就是温柔，生活的面貌、人的遭遇，往往是温柔的反面。尤其对于我这样一个离过婚的女人来说，男人们总显得目标明确、粗音大嗓。他们给你发那些意味猥琐的挑逗短信、低级趣味的视频……他们也会对你殷勤，但那种殷勤显得不干不净、精打细算，只要你敢把无助的手伸给他们，他们接下来就会变得放肆，要求更多，但你真正想要的东西，他们一样也不会给你。小安问我是否想再婚时，我的回答大概会让他觉得粗暴，觉得我对男人充满偏见。其实，我当然想过再婚，但在我经历了一些事情以后，我再也不想让自己的感情被可笑地滥用。那些事都不值得回忆，而且也确实没在我的回忆里留下什么，除了像橡皮擦擦去错字时抹不掉的一块淡淡的污迹。倒是他在这两个夜晚无意中给我的温柔善意，那在别人看来虚无缥缈的东西，也许最后会成为记忆里最好、最持久而稳固的东西。

设定三小时的空调早已停了，房间又变得阴冷。一个人睡，冬夜里总是双脚冰凉。这让我想起他问的那句话：有没有一个比较温暖的地方？我从枕头下面摸到遥控器，重新打开空调，又躺了一会儿，确定自己不可能再睡着了。我跳下床，打着冷战跑到窗前，把窗帘拉开一条缝隙。后来，我从窗帘的缝隙里看着外面的天色逐渐透出灰白，毫无来由地感到一点儿快乐。

2020年4月17日

涟漪

1

那城市离我住的城市不远。如今坐高铁，只需要半个小时的车程。高铁出现以前，坐K字号的火车，需要两小时四十分钟。虽然这么近，很多年里，我都没有来过。曾经大概半年的时间，我几乎每周或至少每两周都会来一趟，坐着拥挤、嘈杂、气味不佳的K字号列车。我一直喜欢看火车车窗外面流逝的风景，不管那是破旧的民房、废弃的工厂，还是绿蒙蒙的农田、干涸的水渠。在流动里，它们具有了一种与静止状态下不同的东西，仿佛超越了物性，具有了某种类似生命隐喻的力量，常常让人联想到时间、生命本身。在气味不佳的火车里，吵吵闹闹的人大多也很可爱，显得善良直爽、爱说爱笑。如果一个人是往他爱去的地方去时，他就会因为心里的暖意把所看到的一切涂上明亮的色调。返程时大概也是这样，因为知道自己还会再去，只需要等待。

谁会把这种事和我联系起来呢？人们都觉得我是个谨小慎微的人。至少，他们不会把我和“浪漫”这个词联想到一起。在对我个人的夸赞中，我往往会听到这样的评论：他最知道轻重，不会犯那种错误。言下之意，我有很多机会犯那种错误，但我却没有加以利用。我不知道应该为此感到高兴还是惭愧。如他们所说，我当然清楚有些错会让生活变成一团乱麻，会毁掉一个人的声誉。但我之所以善于克制，不仅是出于对结果的担忧，另一方面却缘于一种骄傲自持。当某个女学生或女作者给予我暧昧的暗示，我当然明白那多半和我本人的魅力无关，背后反而是一种交易的企图。当一个人赢得了自制的声名，诱惑也会慢慢远离你。表面上，你成了个被称赞的正人君子，实际上，你被看作一个伪善、乏味、看重功利的人。

过去十多年里，我至少推掉了七八次在这个城市举办的活动，但这一次我却来了，我也说不清为什么。活动举办方毫无必要地给我订了一等座的高铁票。过于宽敞、整洁的车厢，座位间隔很远。人们彼此不说话，都盯着各自的手机。当他们偶尔看向另一个人的时候，神情是漠然甚至有些戒备的，但当他们低头看着自己的手机时，脸上通常挂着一丝傻乎乎的微笑。我想，这和那时的火车旅程多么不同。火车到站时七点多，天已经黑了。接车的司机在出站口那儿高举着写有我的名字的纸牌。他说我是他接的最后一趟车，其他人都到了，他这就直接带我去吃饭的地方。我说我还带着行李呢，他说不要紧，行李就放车上。车子行驶在刚刚昏暗下来的天色里，我打量着窗外的街道、建筑，努力想辨认出来点儿什么。但这显然是个新区，一切都是陌生的。直到进入老城区内，一些路牌上才蓦地闪过一个熟悉的名字，街道的样子变了，但名字依旧，那些字就像一根根突然擦亮的火柴，照亮了我心里连接往昔的幽暗通道。

与会的人都住在城市里一个园林式的酒店里，这是个老牌酒店，是过去这地方某个大家族的私宅改造的。我的房间在二楼，房间里那面现代的玻璃拉窗外，还有一层旧式的雕花木窗扇。房间舒适洁净，但因为是老房子改造的，隔音不好。一直到接近午夜，我都听见隔壁住的两个中年男人操着南京口音声音高亢地聊天。南方的仲春，天气温暖，但相当潮闷。接近凌晨时下了一场雨。我听到雨声醒了一下，但很快又沉沉地睡着了。早晨醒来的时候，我意识到时间还早。我把玻璃窗打上去，推开外面那层雕花木窗扇，又在床上躺了一会儿，呆望着横过窗前的绿枝叶片上残留的晶亮雨珠——一个接一个，它们在微风里颤抖着、轻轻滚动，突然间坠落、消失。

上午，我们去附近一个县城采风。采风就是到乡野、小镇里游玩，然后享受当地政府的招待。雨后的清新随着阳光普照很快蒸腾、消散了，山里潮湿的雾气更重，走一会儿，不知是因为汗水还是雾气，感觉头发、衣服都湿漉漉的。下午，我们去了这城市的文化博物馆。这个老城也是文化名城，博物馆里的藏品很丰富。有个当地文化局的姑娘碰巧走在我身边，她是个干瘦的姑娘，胸部扁平，戴眼镜，谈不上有什么性别魅力，但人很温柔和蔼，有股单纯的学生气。她叫我“老师”，问我以前是否来过这里。“来过。”我说。要承认这一点儿对我来说有点儿难。她听了好像很惊喜，问我是什么时候来的。我假装想了一下才说：“记不得了，好多年前。”“老师也是来开会吗？”她继续问。“不是，”我说，“是私事，是……看个亲戚。”“哦，那你这次也可以顺便去看看你的亲戚啊。”她像所有热情的姑娘一样喜欢为人出谋划策。停了一会儿，我才说：“那个亲戚已经搬走了。”

随后，我们这群人走进一个书法作品展厅。文人里喜爱书法的多，评价、争论的声音更嘈杂。我觉得这嘈杂的声音像一团烟雾保护着我，隔开了我和那位姑娘的热情。对她来说，关切的询问不过是想让聊天进行下去的方式。而对我来说，每个问题都像是朝我的内心深处射出一支小箭。好在她跳过了这一章，开始询问我喜欢哪种字体。“我对书法没什么研究。”我只能这么说。现在要讨论什么对我来说有些困难。我曾经来过这里，差不多就站在同样的地方。这城市里很多东西变了，但这地方却没怎么变。那时候，我们喜欢到博物馆，大概是因为这里人总是很少，光线昏暗。我们俩能去的地方不多，但如果总不出门，她会不高兴，因为她有个奇怪的忧虑，总担心这段关系会带有过多的肉欲之欢。她因此还“设计”了一个夜晚出门散步的习惯。九点钟以后，在行人渐渐少起来的小街道上，我们就那么反复地、来来回回地走。那些柏油马路往往有些失修的坑洼不平，飘浮着淡淡的烟尘味儿，不时响起小店铺的卷闸门“哗啦”一声被猛然拉下的可爱噪声，随即那一块光就熄灭了。我们走着走着，感到周围越来越安静、昏暗，直到这些地方仅仅剩下了我们、属于我们……在城市沉睡的时候徘徊游荡，仿佛逐个捡起、体会别人所忽略遗弃的东西，这种看似平常实则罕有甚至有点儿疯狂的经历，此后再也没有发生在我身上。

置身于昏暗的厅里，周围的人都在端详、谈论字体。从高大、狭长的玻璃窗里，我看到外面阳光灿烂。当阳光太炫目时，空气里就像浮着一层白烟。我觉得身体有种轻飘飘的感觉，像是站在悬崖边，在我面前是整个回忆的深渊。回忆和窗户外面的世界那样发着光、令人晕眩。那时候，我也像是站在悬崖边。我身后是稳妥得像是不可能改变的生活，在我前面，是诱惑着我的极大的快乐，类似于光或梦想那样的东西。它和我生活中熟悉的东西都不同，却又似乎通向我心里最熟悉的一些地方。它一下子就推翻了我过去的生活信条，譬如不对妻子撒谎这样的信条。而在推翻它之后，我讶异于自己竟毫不以为耻，有时甚至还有种也许是错觉的感觉：就某种程度而言，我反而变成了一个单纯的人。至少，我心里那种感情是强烈而单纯的，这和以往那个谨慎世故、凡事都在心里衡量利害关系的我多么不同。撒谎、铤而走险、不知疲倦地奔走在两个城市之间……这对于以前的我来说根本不可想象，而如果这种事发生在别人身上，我肯定会暗笑他发疯了，然后沉稳地给予一点儿友善的劝告。一切的道德准绳、一切我曾引以为荣的行为准则都溃退了，而这种大溃退并没有经过多少惨烈的挣扎，就像一栋老木屋被温柔的水流席卷而去，坍塌得无声无息，消失得无影无踪。

有人在问我对一幅字的看法，我只能敷衍地回答，然后找机会走到人少的那幅字前面。我没法专注于去玩味那些字体，其中当然有一些巧妙、别出心裁的笔触，但那些高深的品评、聪明的争执，对我来说，不过是刻意制造出来的烟雾，用以遮蔽、模糊一个人更真实的生活。你当然可以痴迷于那漂亮的字体，可以把所有的热情倾注在一支笔、一把壶或是一个钓竿上，或是满世界不停地跑啊，不停地攀登……抓住一种技巧、一个器具，这总会让人感到自己活得更充实、牢靠。我不是在挑剔人的情趣，而是我经常会突然间在那些器具玩家的狂热里、在行家们的高谈阔论里，听出一种“人浮于事”的空虚感来。而我自己，也往往处于这空虚的中心。我参加了那么多研讨会，因为职业的需要去煞有介事地谈论我丝毫不感兴趣甚至在心里看低的东西，然后勉强地写下徒具其表的赞誉和分析，然后这些敷衍文章又带给我所谓的声誉。在我的心里，当然有对好的文学的真诚热爱，但那种爱就和所有真正深的感情一样，恰恰是无法谈论、难以与人交流的。

窗外，在那些被人精心培育的繁盛花木的背景上，走过的人无声无息，像一闪而过的薄薄的剪影。我望着那明亮的、尘埃般的阳光，似乎指望在那光中出现什么幻影。

只差那么一点儿，我几乎就完全掉进那深渊里。

2

那应该是一间方方正正的小厅，但钉在墙上的一块椭圆形镜子改变了它给人的印象。经过这面椭圆形镜子（如同一圈扁圆的水洼）制造的重影、折射、放大、轻微变形等视觉效果，这房间的形状、空间感变得不那么清晰分明了，像一条笔直的路有了河湾般柔滑的转角，一个狭小、平常的匣子借助倒影产生了绵延、虚幻的感觉。我和她经常坐在镜子里的那个曲折空间里。一开始，我不习惯。但慢慢地，我开始喜欢上从镜子里偷偷观看她，还有我自己，或者说是在一起时的“我们”。

想必人一生总会犯个疯狂的错误，哪怕是像我这样谨慎到乏味的人。于是，我就成了这房间的常客。那房子在一栋老楼里，楼的外观粗糙破旧，也许过去是什么工厂的家属楼，现在被改造成了住宅小区，几栋楼的某个部分都刷上了一种难看的赭红色漆，褪色、剥落以后显得脏兮兮的。因此每次看到那赭红色的楼，再从昏黑的楼道走过，都有点儿奇特的感觉：我在寻找一个别有洞天的所在，那是我生活的隐蔽所。起初，作为一个不请自来的客人，我坐在那小厅里，因为不清楚自己是否受欢迎而忐忑不安。镜子旁边的墙壁上映着她摆放在窗台上的两盆植物的影子，淡得近乎透明。从这影子静止或晃动的程度，我可以想象外面的风。在镜子对面的电视机屏幕里，不知道由于什么光色原理，总有一弧虹光，像倒映在漆黑水面的彩虹。起初两次，我必须编个造访的借口，譬如去某大学见某个人、参加某个活动。我在她那里停留一个下午或是晚上的两三个小时，然后就得告辞，装作去赴别的约。离她家不远的地方有家快捷酒店，我离开后往往就住在那里，独自消磨一个夜晚，同时还不时发信息告诉她我的行踪——我和当地大学的某人在一起吃饭，我们谈论了什么……在这种时候，我一面嘲弄着自己中学生似的蠢行，一面却怀着一种古怪却严肃的执念，认定在她那里坐上一个下午或几个小时对我来说意义非同寻常，认定我们的谈话、举动甚至是默默无言的时刻，都具有类似于令我的心灵苏醒或无比松弛的意义，认定这琐碎、看似无关紧要的时刻都是导向某种必然的、命定的关系的支流，最后会汇流成河。第三次（也可能是第四次），在我意识到自己应该离开时，我又说出事先编好的那套谎言。她表现得对我将赴的那个虚拟之约没什么好奇心，说：“好啊，你去吧。还要再喝一杯茶吗？”她又给我倒上茶。那并不是我爱喝的中国茶，而是一种西式茶包泡出来的茶，有水果味儿，还混合着一点儿花香。唯有在她这里，我才可能把这种女里女气的饮料喝得津津有味。就算她在那有一条淡绿色镶边的可爱杯子里注满的是糖水，我想我也不会拒绝而一直喝下去。我端起那个圆墩墩的、暖得发烫的小杯子，随即又放下了，我对她说我以前都是骗人的，我到这里根本没有任何公务，不过是想来看看她。她并没有表现出惊讶，有点儿揶揄地笑了，我想她大概早就猜到了。

我们是在一场无聊的活动上认识的，和我现在来参加的这种活动差不多。一个地方政府希望为他们的城市涂上文化色彩，碰巧手里又有这么一笔钱。于是，我们这些人被花钱请过去，吃饭、观光、开两三场讨论会，点评一些当地作者的作品，做必要的推荐，使这些作品日后能在级别更高的文学杂志上刊发。某天下午，在去当地一个古镇观光的旅游车上，我碰巧和她坐在一起。我并不认识她——一个写诗的新人。对我来说，她的名字只是无数个在全国数百个城市里默默写作却注定并无远大前程的名字之一。和其他几位年轻女作者相比，她一点儿也不热情健谈，我想她是比较羞怯的人，但有的羞怯是温暖的，她的羞怯却有着凉丝丝的质地。我俩坐在一起一路上基本都是冷场的，她靠窗坐着，大多数时间看着窗外，我则越过过道和别人说几句话，透过另一侧车窗看外面的风景。唯一给我留下印象的是当她转过头看着窗外风景时，她头发上别的一枚黑蝴蝶发卡因为反光而闪闪发亮，那种暗色调的闪光，带着点儿神秘。她对我的“冷落”并没有让我不舒服，倒是我自己觉得不好意思，因为我那天感冒了，不时爆发出一阵咳嗽。

“你感冒了？”这是她主动说的寥寥几句话之一。

“对，好像突然感冒了，还挺厉害。”

“我有感冒冲剂，你要吗？”

“你有的话太好了，我本来还想着回去找个药店去买几包。”我说，感冒的确让我相当难受。

“我只有两包。”她有点儿生硬地说。

“够了。喝一包睡个觉一般就过了。”我说。

“你也感冒了吗？”过一会儿，我问她。

“没有。我容易感冒，有出门带点儿药的习惯。”

“好习惯。”我索然无味地说。

晚饭时我们不在同一张桌子，我担心她会不会把这件事忘了。我稍微留意一下她在哪张桌子，我想她也许会看看我、朝我示意一下，表示她记得。但我们的目光从来没有相遇。她有点儿落落寡欢地吃东西，或是看着别人说话。我更加确定她是个不善交际、没有心机的女人，进一步想到，如果她稍有心机，她不可能错过下午那个和我坐一起的机会，至少，她会和我交换联络方式。直到晚宴结束，我站起身时，才感觉她朝我看过来。我走过去，还没有开口，她就告诉我她记得药的事情，让我在大厅里等一下，她上楼给我拿下来。

“不用这么急，我还得留下来喝茶。”我说。事实的确如此，一个主办单位的人想谈点儿事情，让我们几个留下喝杯茶。我想如果我们正喝茶时她来送药，那对我、对她都有点儿尴尬。

“你住几楼？”我问她。

“六楼。”她说，有点儿诧异。

“我喝完茶去拿怎么样？我到时候给你打电话。”我说着，告诉她我的号码，让她给我拨一下。

她按了我的号码，我的电话很快振动起来。

“好，我存下了。”我对她说。

“好的，”她说，“你去拿药的时候提前给我打电话，你就在电梯那儿等一下，我给你拿过去。”

“很好，谢谢你。”我说，笑了下。我想我大概脸红了，因为我从未想到会有人把我当成别有用心的人。当然，这更说明她完全不了解我，她对我、对这个圈子都很陌生。

后来，我们就在六楼的电梯口那儿碰面了，她交给我两包三九感冒冲剂，就匆匆离开了。我上去九楼我的房间，喝了一包之后就倒在床上，想到对于很多人来说，夜晚还长着呢，欢聚的时间刚刚开始……那天晚上果真发生了一件奇怪的事，一位短发齐肩、扮相淳朴的女作者说要来和我聊聊，我说不好意思我已经躺下了。过一会儿，她来敲我的门，我以自己重感冒也许会传染她为由没有开门。但在那之后，我好久都没法入睡。我贴伏在柔软的枕头上的脑海里漂浮着各种各样古怪的念头，其中一个古怪的问题是：如果上门拜访的是她，我会不会让她进来？答案是“会”。那么，这算不算一种受虐心理呢？我拒绝了一个主动来找我的女人，却想象着一个连房间号都不愿告诉我、在内心里把我当成龌龊男人来提防的女人……而这不着边际的想象像是给她涂上了很多鲜明的色彩，使她变得别有意味。第二天早上，当我在自助餐厅里看到她的时候，竟然觉得她其实挺漂亮。她和别人坐在一起，我走过去感谢了她。“吃了你的药，像是完全好了。”我说。她不好意思地笑了笑，看起来也很高兴。

那天下午，有一场诗歌研讨会，讨论三个本地诗人的作品。我以为她会来，却没有看见她。她好歹算半个本地诗人，她住的城市和举办活动的城市属于同一个省。因此，在我们手头的本省诗人作品选里，也有她的三组诗，我特地翻到那一页读了读。没有特别的才气，但还算细致、清新。晚餐时仍然没看见她，我就给她发了一条短信询问，然后得知她已经走了。“我不太舒服，好像也感冒了，所以提前走了。”这是她给我的回复。

之后的很长一段时间里，我们并没有联系。让我再度想起她的是个偶然事件，那天我和一位朋友喝茶时看到一位和她有点儿像的服务员。几天后，我又去了那家茶馆，我目标明确——去看那个和她相像的服务员。这种从一个陌生人身上辨认出她的游戏给了我微妙的、非同寻常的快乐。我不知道别人是否也有过类似经历，就是当你看到和某个认识的人相似的陌生人之后，一种介于真实和虚幻之间的感觉会令你心里对认识的那个人生发出特殊的感觉，或者，你本已存在的一股感情像被这奇遇拔掉了塞子。

3

也许每个女人都像是一个矛盾结合体。譬如，有时候她像个考虑周到、比我自己更精心地保护我声誉的人，连我们一起在电梯里，她也警告我不许碰她的手或是显出任何亲近的样子；但另一刻，她会因为我对这类事情的担心而发脾气，连我有时只是出于懒惰而想和她在小屋里消磨时间，也会被她理解成自私的、对自己声誉的担心。有时候，她希望我不要来得那么频繁，以免被我妻子怀疑，劝我不要每天都在网上消磨太多时间和她聊天，免得影响我的工作。而如果我的确像她嘱咐的那样做了，我就难免不被她冷嘲热讽或是干脆冷漠地晾上几天。至于性，她给了我我从未享受过的快乐，而这一方面正是因为她自己能够充分领略性的快乐并把这特殊的感受力巧妙地传递给对方，但有时她又会突然忧从中来，声称这关系不是她理想中的恋爱，带有过多的、低级的肉欲色彩……但矛盾在她身上并没有像在其他女诗人那里有个激烈、分裂般的外现，它更像是一股隐藏在平静中的潜流。

她不精于世故，我初见她时的判断没错。在我和她相处的半年多的时间里，她从未对我提过什么要求。我也尽量不去谈这些，仿佛谈这些过于实际的东西是在感情里掺入杂质。只有一次，我说起某个作家班，说如果她想去我可以推荐她去。但她一口回绝了，说她并不觉得多有用，要是仅仅为了一个虚荣的名头，也没必要去浪费时间。我们也曾谈及她的诗，她说明白自己是个没太大天分的人，只是为了兴趣偶尔写几首，叫我不要为她的东西操心。她对自己才华的看法和我一致，其实我一直想找个比较好的方式告诉她没有必要在这上面花费太多工夫。但另一方面，她的诗虽然是那种较为平庸的好，但一些比她更平庸的诗人却能爬到比她高得多的位置，所以为什么我不能帮她呢？我心里明白，无论她提出任何要求，我都会接受。可她那种散淡态度却显得我像个拿着肮脏筹码诱惑她的人，令我不好意思提起这些东西。

在我们相处的时光里，并非没有争吵、冷战，只是，这些东西总是恰好成了感情的调料。在别人看来，在对方未提出要求时充分享受这种自由关系也许是明智之举，可最后忍不住要打破这种“和谐”的恰恰是我。也许当我越来越看重她，我也就越来越意识到在她不要求的情况下假装不知道她的顾虑是种龌龊的自私自利。而我每周或每两周必然的“出差”也已经引起妻子的怀疑，这从我每次返家时她的脸色都能看得出，但这聪明、温柔的女人选择不问。我想，她是在等我开口，或者等我悔改。我当然宁愿她先问我，宁愿在她的逼问、谴责下被迫做个了断。对一个从未辜负过我的好女人说出背弃的话，这比承受任何谴责都困难得多。我也知道除非我把自己逼到一个没有退路的死角里，否则对妻子坦白这件事似乎总可以无限期拖延下去。

有一天，我主动对她说我回家后就和妻子谈这件事。她露出难以置信的表情，问：“你怎么说呢？”我假装轻松地说：“就实话实说，说我爱上别人了。”她看起来心情激动，但也充满忧虑，一再问我想好了没有、现在会不会是个好时机。我安慰她说，我准备好了承担一切后果，我会和我妻子好好谈，相信像她那么聪慧的女人是不会硬要留住我的……我说这些话的时候，她的双手放在我的膝盖上，眼睛定定地看着我。“不管是什么结果，马上告诉我。”她叮嘱我。我说我可能两天后就回来了，我要亲自告诉她那个结果。后来，我们站在她住的小区大门外那棵梧桐树下等出租车。她没怎么说话，眼睛专注地望着驶过来的车，像以往有点儿紧张时那样习惯性地抿紧嘴唇。我当时极力不去想我即将要做的那件沉重的事，而是想到更远的地方，譬如今后的生活，譬如是她去我所在的那个城市，还是我来到她所在的这个城市……或者干脆只关注眼前让人愉快的一些细节：她穿着一件白衬衫和一条宽大的藏青色布裙，斑斑点点的树荫和阳光在她身上浮动；她不说话时似乎有种沉静的美，但只有我知道事实并非如此，她其实什么都说，说起话来没完没了，词语像珠子一颗接一颗地迸跳、滚落，连缀成一条无始无终、闪着虚幻之光的线……以后，我很多次想到她那带着疑惑、有些紧张的神情，我发现她的忧虑并非我当初理解的那么简单，那不仅仅是担心我所面临的障碍，更多的是她对结果、对我的不确定。那结果本身也只有两种：不是我们得到一切，就是失去一切。

在我回家的第二天早上，我妻子告诉我她怀孕了。我惊呆了，等我缓过神来，我抑制住内心强烈的震动，尽量温和地问："你确定吗？"

"当然了，"她带着骄傲的神气说，"我用试纸测过了。"

"怎么没听你说过？要是有了，例假……或者吃饭什么的总得有影响吧？"我还是不敢相信我们一直渴望却迟迟不来的孩子偏偏在这时候来到了。

"我的例假一直不太准，所以刚开始我也没在意。胃口什么的也变化不大，不过，孕期反应有轻有重。我前几天才想到好像两个月没有来例假了，所以我就买了试纸。没想到真的有了！"她欣喜地说。

"你几天前就测过了？"我说。

"是啊，我先保密，想等你出差回来给你一个惊喜。"她说，盯着我，仿佛等着我的惊喜的反应。

"怎么了？你好像不那么惊喜？"她用怪异的眼神审视我。

"没有……当然了……我只是不敢相信。太好了，如果真有了宝宝。"我语无伦次地说，把她搂在怀里。我想，如果这不是我妻子编的谎言，那就是命运和我开了个恶意的玩笑。两天后，我们从医生那里得到了检测结果，我终于确定它就是命运给我开的玩笑。

因此，我没有像我说的那样两天之后回去。一周、两周以后，我仍然没有回去，因为我没有那个“结果”可以告诉她。我也感觉无法开口对她解释，怎能告诉她我们俩之间关系的终结是因为我即将成为一个幸福的父亲？以前，我曾对她提到过我那不怎么快乐的夫妻生活，提到我妻子对孩子的强烈渴望使我们的性生活最终变成了一种索然无味的工作。我还自嘲地分析过，正因为这样，我们一直没得到孩子，因为我缺乏“活性”。我和她之间曾无话不谈，我会告诉她这种令我感到最挫败、气馁的事，也会向她揭示我最深藏的虚荣心。但现在，我无法对她解释为什么在我们相爱以后，我妻子竟然怀孕了。我开不了口，于是，我选择了沉默、搁置、闪烁其词。而作为一个自尊心过强的女人，她一次也没有问“为什么”。我过后才发觉我的处理方式非常失败，结果是使我在她心目中成了个随便许诺、食言后一味回避的无耻之人。只是当我意识到这一点时，她已经不给我机会解释了。她再也不接我的电话、不回复我的短信，在我们俩经常聊天的MSN上，她的账号注销了。她有我的邮箱密码，所以有一天，我发现邮箱里所有来自她的信件都被彻底删除了……

我回去找过她。我记得很清楚，就在我陪妻子做了胎儿六个月孕检的那天下午，不知道什么力量又驱使我坐上了那列K字号快车。但我没有找到她，两三个小时里，我一会儿跑到楼上敲门，一会儿在楼道里等待、徘徊，一会儿走到楼下的院子里仰望着她的窗户——窗子里一直是漆黑的。最后，楼下便利店的店主告诉我她已经搬走了。几个月后，我又给她写了邮件，告诉她我女儿出生的消息，提到我曾去找过她。大约一个多月后，她终于给我回信了，祝贺我成了父亲，但说她再也不想见我。那是我最后一次收到她的信。我还能指望得到什么回答呢？我给了她一个希望，而后瞬间让这希望化为乌有，甚至没有一句解释……我知道她不会相信命运给我开的那个玩笑：就在我决定给她希望的同一刻，上天却给了我一个孩子。很长一段时间里，我留意着那些大大小小的文学杂志上的每个诗歌栏目，但她的名字再也没有出现在上面，似乎她铁了心要从和我相关的世界里完全消失，不留下一点儿踪迹。

4

这件事发生在我三十八九岁那年，现在我快五十岁了，和那时比，确确实实感觉自己在老去，越来越多的人生欢乐在离我而去，越来越少的东西能勾起我的热情。我妻子这几年也露出初老的迹象，但她还是一如既往地温柔贤惠，无私地支持我，以我为骄傲。女儿和我走得比和母亲更近，成了我生活里最重要的人。当我到了别的地方，即便是出于习惯，也会惦记家里的事，想赶快结束公务回家。但有时候，我又感觉到我在它之外，家是我的牵挂、责任和休憩地，却没有成为我的“内在”。我的生命和我的家庭，它们亲昵地并行，却永远不可能交融。

至于她，我有段时间想到她时曾有的绝望、痛苦的感觉总算随时间都淡去了。那些曾令我如痴如醉的快乐是模糊得最快的，最后只剩下这么一个信念：我和她在一起时是最快乐、最有默契的。倒是那些当时并不怎么在意的琐细东西，最终却像纤细、轻柔的绒毛一样填满了记忆的边边角角。例如墙上的镜子、电视屏幕里的虹光、植物透明的影子、插在玻璃罐头瓶里的花、宜家白色躺椅上那只绣着浓绿香蕉叶的靠垫、卧室后窗下一条雨水渗入留下的灰色痕迹，她那奇妙地融合着魅惑和稚气的微笑、放在我膝盖上的手（指甲闪动着贝类的光泽）、发梢向内卷起的柔和弧度，那些赭红色的楼、我们时常散步的一条街的街角总是开到很晚的烟酒店……很多时候，尤其在忙碌奔波、仿佛浮在生活云端的时候，我会觉得正在把过去淡忘，或者说已经把它忘了。但某个瞬间我又像是突然醒转，意识到那些感觉仍然清晰而尖锐。

我们结束参观，走出竖立着粗大的水泥圆柱的博物馆大厅。负责活动的当地文化官员说后院茶馆里已经准备了好茶，等我们品尝。那家茶馆有里间座位，也有户外茶座——两三棵大树的树荫里散放着几张铁艺小桌。我和她过去来这里时还没有这家茶馆。我在外面拣了张小桌坐下，戴眼镜的姑娘碰巧又和我坐在同一张桌子上。另外两个是和我岁数相仿的男人，一位是小说家，一位是诗人。一开始，我们谈茶叶，然后，我们从茶叶扯到茶壶，谈紫砂壶的工艺和市价。他们像是突然注意到那个一直在恭恭敬敬地听我们谈话的姑娘，开始恭维她人漂亮，鼓励她写作，小说家还打趣说让她写了新作邀我写评论，一个美女作家很快就诞生了……其实这姑娘相貌平平，但对于很多我这个年纪的男人来说，年轻本身就足以令人兴奋了。这种对年轻的追捧、痴迷无非是老来颓丧、惶恐的另一个面貌。后来，诗人神秘兮兮地向我求证我的一位女学生的传闻。我这个女学生在文坛有些名气，是半道来读我的研究生的，她早已过了读书的年龄，静不下心，总想走捷径赶快拿到学位，我一点儿也不喜欢她。“我还真不知道她的事。”我对诗人说。“老师对学生关心得不够啊。”诗人调侃地说。小说家说他知道一点儿内幕，于是也不避讳那姑娘的在场，添油加醋地讲起来，诗人听得会意，不时爆发出一阵爽朗笑声。我想，如果他们知道了我和她的事，也会这样去谈论、去笑吧。对自己来说无论多么欢愉或多么折磨的感情，在别人那里无非是一点儿香艳庸俗的谈资。

榆树墨绿色的阴影里开始闪动着一些金色的光线，庭院里总算有了点儿傍晚的凉意。但很快，茶馆厅里的灯熄了，在里面喝茶的人都走出来，到了院子里。博物馆下班了，茶馆自然也要关门。我们一起走去博物馆的后门，载我们来的那辆白色的大巴就等在外面。我找了个靠窗的位置，这样我就可以像当年的她一样，假装看着外面的风景，有足够的理由不说话。

老城区的街景当然有不少变化，但也还是那个有些杂乱、残破却充满生活气息的城市：车辆拥堵的街道，在车流的罅隙中曲折前行、与车辆擦身而过的勇猛的电车骑士，罗列着一排排森严的防盗铁窗、张挂着丑陋的空调窗机的一格格灰褐色住宅楼，楼下鳞次栉比的小店……我想到，一个人在故地重游时内心那一波波的涟漪、他被一个细微事物突然牵动而产生的痛楚、那种面对苍茫的时间却感到生命空空如也的怀旧和孤独……这一切，对所有别的人别的事物都没有任何影响，都毫无意义。而当我和她都死去，那段情事在世间再也没有任何痕迹，我们的生命踪迹也会一一被时间抹去，即便我们在亲人心中引发的痛苦、怀念，也会像涟漪一样慢慢荡开、消弭、平复。

载满了作家、诗人、学者的大巴堵在路上，偶尔向前，又戛然而止，车身随着惯性重复着一波波轻微的颠簸。车里是一阵高过一阵的笑闹声浪，充满了插科打诨和有着性暗示意味却无伤大雅的玩笑。我假装疲倦，胳膊肘支在车窗边缘，专注地看着外面熟悉而陌生的景象，渐渐觉出一种喜忧参半的意味：在这里掩藏着一个挂着椭圆形镜子的房间，像是荒芜城市里的一小块绿洲、悬空的牢笼里的一个小天堂。车子终于能比较顺滑地往前行驶了，街边的灯纷纷亮着，灯光和暮色交织成一团半灰半蓝的烟雾，街景是压在这片半灰半蓝的毛玻璃下面的不断切换的相片……像一道一闪而过的光，像某个来自深处的音符，充溢着所有的绝望和希望，契诃夫小说里的那句话突然在我心里响起：米修司，你在哪里？

2020年6月26日

街头小景

那年冬天，我回到故乡，想陪父母过个年。后来证明，这是个错误决定。我从一个热带国家回到寒冷、干燥、没有暖气的中原县城，身体无法适应，到家第三天就病倒了，发烧、腹泻……那是大年初二，我母亲陪我去医院输液。她年纪很大了，我不想让她跟去，但她执意要陪。我很虚弱，甚至丧失了和她争执的力气。输完液，医生开了三天的输液瓶，让我可以在我家附近的门诊输液。

我和我母亲抱着输液瓶走回存车的地方，经过一户住家门口时，我母亲跌了一跤，怀里抱的一个输液瓶滚出去，摔碎了。就在我把我母亲扶起来的时候，刚才站在门口恶狠狠地盯着我们的那个老太太突然冲过来，对着我们叫骂。我半天才弄明白她的意思，她说我们大过年的抱着药瓶子从她家门口过，已经很晦气了，现在又把药瓶子摔在她家门外，这是咒她家里的人整年生病！她一看就是那种没读过书的郊区老太太，骂人极其难听，满头白发的脑袋在寒风中恶毒地晃来晃去，黑黄发皱的脸拧成一团。我只能一边听着她的叫骂，一边确定我母亲的腿脚还能活动、手没有被玻璃碎片割破。她看起来则完全不在乎一个和她差不多年迈的人有没有摔伤。在我和我母亲说话、没有理会她的那一会儿，她跳近我们，把叫骂的口沫飞溅到我们脸上。我告诉她这是公共街道，不是她家的地方，而且我母亲刚才是不小心摔倒了……但我母亲立即制止我，并且一个劲儿地向老太太道歉。但老太太仍然暴跳如雷，说："他年轻孩儿不懂话，你这老的难道也不懂话吗？哪有大过年的抱着药瓶子从人家家门口过的？"她训斥我母亲的样子，让我甚至想狠狠给她一拳，虽然我以前认为我绝不会打一个老人。我母亲一直挡在我和老太太中间，叫我别说话。老太太一迭声地叫喊："这大过年的被你们惹上晦气，我还得买香烛拜神驱霉运哪，怎么办？你说吧，该怎么办？”我母亲突然听出了她的意思，赶紧掏给她五十块钱，说让她买香买纸烛，老太太的怒火才稍为平息。最后，她扔给我们一把扫帚，让我们赶快把她家门前路上的药瓶碎片打扫干净，留一会儿都会让他们惹上霉运……

我这次还乡，不仅没给父母增添多少快乐，反而因患病把家里过年的气氛完全破坏了。而除了疾病之外，这件“小事”也给我的还乡假期蒙上了一层阴影。那种愚昧的迷信、粗野的谩骂，那种贪婪而又冷酷无情……我每想到这些，就感到恶心、憋闷。在一个人童年和少年的记忆里，故乡多半是个明朗、干净的地方，仿佛一个总是沐浴在阳光和暖风里的、充满游戏般的轻松喜乐的温馨所在。可是，它如今又是怎么样呢？真实的它又是怎么样呢？连日阴沉，冷飕飕的风不时扫过干燥、覆盖着一层薄薄尘土的街道，街边那些污秽不堪的塑料袋就会猛地扬起、翻卷。终日几乎看不见太阳的脸，只有那个散发着苍黄光线的白球，像一只浑浊的、病恹恹的眼珠。这苍黄的光里没有一丝热力和温暖。而在这样的光底下，也是一个生了病的城镇，它的病是残酷、冷漠、愚昧……如今我用成人的眼睛看过去，我的故乡就像天空中灰云积聚起来的厚墙，了无生机，处处透露出闭塞的风气和各种陈规陋习，而那个老太太不过是始终抱定这陋习的众生之一。也许它一直都是这样，在我童年时就是这样，只是当我是个孩子的时候，我既不接触也不了解这些人和事。然后，记忆就将我保护起来。所以，少小离家的人也许应该一去不返，才能保住记忆里那一片净土！

不输液的时候，我大多数时间都待在二楼的房间里，父母则在一楼的客厅看电视，看起来他俩的精神生活完全依赖这台电视。也许是年纪大了，听力不好，他们把电视的音量开得很大，传到二楼仍然十分喧闹、嘈杂。有时是字正腔圆的新闻，有时是粗音大嗓的地方戏，有时是抗战剧里猛烈的枪声、炮火声、喊叫声……我没法陪他们看这种电视，当然，我也没法专注于读手里的书——往往是那本上世纪80年代出版的《契诃夫短篇小说集》，封面的颜色已经难以辨认，似乎灰尘已经糅进纸张里，内页纸张发黄、发硬，似乎随时会在我手里脆裂、粉碎。其他书我更是读不下去，即便是这本书也常常被我读几页就丢到一边。电视的噪声袭击着我的耳膜和脑子，从大路上传来的市声把我包围，我枯坐在窗前，或是在闷燥的房间里走来走去，忍不住自嘲地想，我就像契诃夫小说里描述的一百多年前的人，从彼得堡或是莫斯科回到自己外省小城的家乡，对一切陋习不满，变得愤世嫉俗起来。在当地人眼中，这大概不过是挑剔、忘本。而我这样一个人不正是他所写的那种多余而又无用的人吗？我读了那么多的书，我对一切有自己的看法，批判起什么来毫不留情，但那又如何？我甚至对付不了那个凶狠地敲诈我母亲的老太太。

我的病其实就是一场严重的感冒。几天后，我好了。此后每天早饭后和晚饭前，我都出门散散步，以便让自己适应干燥而寒冷的空气，熟悉这个变得陌生的老地方。我通常先在那条车辆较少的东西街上散步，走到最西边，再向东折回差不多一半路程，那里有一条更清静的南北向斜街，从斜街上可以兜回我家。斜街两边都是城郊民居，夹杂着稀稀拉拉的几栋住宅楼。夹道是两排瘦高的白杨树，冬天里只剩下在风里“咔咔”作响的枯枝。这些树自我读中学时就在，如今也许是这城里唯一留下的未遭砍伐的老树。我喜欢的就是这些树，它们会让我想起过去的光阴，它们会和我心中有关那个故乡的影像重叠、交映起来。但穿过这条斜街也有危险，街上有一个露天垃圾堆场，大概夜里才会清理，但下午往往已经堆积得很高，吸引了一些游狗聚集。有些是放出来的家犬，有些是流浪狗，它们为了争得扒垃圾堆的权利有时会进行非常残酷的厮咬打斗。我并不怕狗，但我害怕咬架的狗。这牵涉城郊居民的另一个恶习，就是有些人家养狗看家，却不提供食物，而是每天放狗出来扒垃圾找吃的。

一个早上我醒来，看到对面楼房的顶部、窗檐积了一层薄薄的雪。没有风，天空如往日一样阴沉，只是空中有细碎的雪粒往下安静地飘落。早饭后我没有出门。但下午晚些时候，雪下大了，我反倒感到兴奋。我已经很多年没见过雪了，对于这个干燥、空气里充满尘土味儿的小城来说，一场雪则会带来滋润，带来强烈、冰冷而又沁人的清新。我围上围巾出门了。当我按照原来的路线、从东西大街的最西端往回折的时候，我发觉雪下得更大了些，也起了风。湿雪一片片被风斜卷着飘落，天空和街道都笼罩在一片寒冷而苍茫的盐灰色中，街上仿佛一下子安静许多，听得见半融化的雪在匆匆走过的几个行人脚下悄然粉碎的“沙沙”声。雪片打在我脸上，像一个个微小、冰冷的手掌。

我安全地经过了那个垃圾堆。在雪里，有三条大狗分占着垃圾堆的三块领地，远远地站着那条白毛脏得打卷、变成了灰黑色的瘸腿小狗。它显然是一条被遗弃的宠物狗。它不敢靠近垃圾堆，在等着大狗们尽兴后离开。在这条路上，我见过它不止一次，猜想它的腿大概就是在某次抢食垃圾的战斗中被咬伤的。一开始，它让我感到很难受，我甚至想到把它带回家。但我后来发现，这县城里可怜的狗太多了，我无能为力。我曾经看到一条患严重皮肤病的狗，它身上的毛快掉光了，生着一块块的烂疮。我当时只觉得，如果有一辆车能把它一下撞死，那对它来说倒是最仁慈的事！

走过那个危险而散发着恶臭的垃圾堆大概四五百米远的地方，我看见一小群人站在那儿。当我走近，我发现他们在看一个躺在地上的人。那人躺在一栋三层民居小楼侧墙边那条狭窄的水泥地上，裹着一条破烂不堪的被子，确切地说，只是一堆肮脏的棉絮。我想，大概是个无家可归的人，想找个避风雪的地方睡。但这小楼的屋檐太窄，根本不可能挡住风雪。我没看到那人的脸，那张脸隐藏在被子后面。我一直害怕看见悲惨的景象，所以我发现是怎么回事儿后赶快离开了。我已经走出去几步后，听见一个人说："肯定是冻僵了，这是谁家啊？这家人可倒霉了。"

"就是，大过年的，眼看人就死家门口了。也没人去说一声。"另一个人说。

"谁去敲人家门儿说这话啊？报丧呢？不怕挨骂啊？"一个带着笑意的声音说。

"这家没人，可能出门走亲戚了。"一个老迈、浑浊的声音说。

我犹豫了一下，又转回来，挤到那几个围观的男人前面。我蹲下身，凑近那个躺着的人，看到一张潮黄的瘦脸，眼睛闭着，下巴上有些杂乱的胡子，纠结成一绺绺的污秽的头发上结着碎冰碴。不知是不是因为太冷，他的嘴巴往一边歪着。那张饱受折磨的脸看起来并不苍老，甚至隐约透出一股单纯，我猜这个人只有二三十岁。他身上穿的还是单衣，一件不成样子的旧军装。他就这样躺在地上，裹着那条已经湿透的、单薄的破棉套。大家围着他说话、观看他，但他想必失去了知觉，连眼睛都无法睁开。我猜他从昨天夜里就躺在这里。零下五六度的雪天，无法想象一个人就这样躺在户外湿透的水泥地上。我脱下皮手套，伸一根手指凑近他的鼻子，感觉到他还有气息。

那些人看我过去，也凑近来看。

“还有气儿没有？”有个人问我。

“有。”我说。

“刚才我们几个喊了他好几声，他眼皮都不动。”一个冻得缩着肩膀、手揣进袖子里的青年说。

“冻得失去知觉了，气息还有，得赶快送医院。”我说。

他们都讪讪地看着，那个话音里始终带股笑意的中年人说：“医院不会收的，没有家属。”

“这样下去会把人冻死的。”我说。

“谁会给他治啊？唉，没有人管的。”那个穿黑棉袄的老人叹着气说，“他是个哑巴，谁也不知道他家在哪儿。夏天那些在广场上卖小吃的人让他帮忙干点儿重活，每天给点儿吃的，倒也饿不着冻不着，可冬天难熬啊……”

哦，原来是一个无家可归的哑巴。这样一个人连求救的能力都没有！

“能有人找一杯热水过来吗？”我想给哑巴喂一点儿热水，看他是否还有一点儿反应。

“这哪儿会有热水啊？”有人说。

“我家倒是离这儿不远，不过热水拿过来也变冰水啦。这是啥天儿啊？数九寒天哪。”老人说完又重重地叹了口气。

我往街的两边看了看，注意到有个卖烟酒的小店。我走进店里，说想买一杯热水和一个一次性杯子。

“我们这儿不卖热水。”那个十七八岁的姑娘说。

“那边有个人冻僵了，倒在路边，我想给他喂点儿热水……”

“那你明说啊，我给你一杯，你买什么啊？”姑娘口气很厉害地说。

“那谢谢你。”我说。

“可我们店里没有杯子啊。”她又说。

我扫视了一圈，确实没有杯子。但我看见了碗面，于是我买了碗面，把里面的东西倒掉，这样就有了可以盛热水的碗。

我端着半碗热水回来时，刚才的五六个围观者只剩下了三个，毕竟天冷得厉害，雪还在下。剩下的三个是好奇心旺盛的年轻人、穿黑棉袄的老人，还有那个说话总带着逗笑腔调的中年男人。那男人此时又像是要发笑似的说："别说，还真弄到热水来了。"

"还没变成冰水。"年轻人傻笑着附和。

老人神情苦恼，不时发出"哼哼唉唉"的类似呻吟或哀叹的声音。

我用小姑娘"赠送"给我的吃酸奶用的一次性塑料勺试着往哑巴嘴里喂一点儿热水，但我尝试几次，每一次，水都从他歪了的嘴角里流出来。那张冻僵的脸上没有丝毫肌肉抖动的迹象。我放弃了。我把水放一边，拨打了120。他们三个在一旁很执着地等着。正如他们其中一位说的，120听说情况后，称他们无法收治无家属的病人，让我打给民政局。

"民政局？民政局会有人接电话？唉，你听他们说得好，他们就是互相推。"老人说。

但我还是拨打了查号台，询问了民政局的号码，打了过去。民政局倒是有人接电话，也耐心地听完我的讲述，然后建议我打120，说这种情况不是普通的情况，既然病人情况紧急，就要先治疗，到了民政局他们也没办法治疗啊。我告诉他，我刚才打过120，但医院不愿来拉人，我才打给他们的。他听完沉默了片刻，然后说医院这样做是推卸责任，如果120不愿去拉人，那就打110吧。说完，他把电话挂了。我强压着怒火，再拨打110，接线员是个声音好听的姑娘。她刚听几句立即建议我这种情况打120，在我复述了我打120被拒的遭遇后，她又建议我打民政热线，并且提供了号码。我告诉她就是民政局让我打给110的！她听完不再建议我打给其他部门了，但仍坚持说110是治安热线，我报告的情况不属于治安问题，不归公安局管……这理由听起来也很充分，我无可辩驳。于是，就在我呆滞无语的片刻，那姑娘和我说了“再见”。

我意识到自己的手冻僵了，围巾上都是雪，而他们三个都在看着狼狈、被现实挫败的我。不知道是因为愤怒、屈辱，还是极度的无力感，有一刹那，我的喉咙一阵发紧，像是有股想哭的冲动。后来，我产生了放弃、一走了之的想法，反正我已经尝试了，我有充分的理由放弃！……我又低头看看那个躺在地上的哑巴，他看起来非常小，悲惨不堪，你完全无法想象他是冷到什么程度才会完全失去知觉，你根本就可以把他想象成一个死人，那样的话，他就是一具尸体，那样的话，丢下它、一走了之，并不会有什么良心上的不安……

这时，一个五六十岁的男人顶风蹬着三轮车过来了。那是县城里如今很少见到的人力三轮，车篷是一层厚厚的、用以保暖的白色塑料布，挂着旧棉毯改造成的挡风帘子。三轮车夫就近停下来。很快，我听到两个热心的旁观者在向他讲述哑巴的境况，告诉他我打了很多电话但没有人管。

就在我在心里纠结着离开还是再试一次时，那个三轮车夫凑上来恭敬地对我说："老板，我一看你就是老板。这是你家的房子吧？那真是不吉利啊！这种事我去年遇到过一次，也是过年时候，就在西关消防局那边，有个傻子也是躺在一个老板家屋子外面了，冻得不会说话也不会动弹。你说说，大过年的，不认识的人要死在自家门口，谁家不忌讳？老板会愿意碰那傻子？可这脏活儿、平常人忌讳的活儿总得有人干，你说说，要是谁都不去火葬场上班，那不乱套了？我刚好从那儿过，我说我不靠这个挣钱，但能帮的忙得帮。老板也痛快，给我五十块钱。我就把那傻子搬到三轮车上，拉到大北郊树林里去了。那地方是远些，但做人要有良心，不能把他随便往哪儿一放，挨着谁家谁不觉得倒霉哪？”

他一脸卑微的表情，话说得头头是道，一看就是在社会的泥潭里爬来爬去、看人脸色的混子，但他这番话却让我极度震惊，心里一阵阵发冷。

“真有这样的事儿啊？”那年轻人咕哝着说。

“大北郊那槐树林？是远点儿，不过，五十块也真不少了。”中年人说。

“唉，碰见这种事谁家都没办法……”老人说。

过后，他们又对那车夫说这并不是我家的房子，我和他们一样是路过。

车夫看起来有点儿不好意思，但很快改口说：“那老板真是好心人啊！”他说着，还满脸堆笑地竖起大拇指。

看我不理他，他又说：“老板想要把人拉去医院吧？二十块钱我帮你把他弄车上，他脏兮兮的，老板你这么讲究的人怎么能动手……”

我瞪了他一眼。

他有点儿怯了，嘟哝着：“那十五块也行哪。”

“医院不接收。”我冷冷地说，厌恶地走到离他远些的地方。

我再次拨打110。我想，如果我不打，这个垂死的哑巴也许会被扔到一个偏僻的、类似“大北郊树林”的地方去。

在我打电话的时候，穿黑袄的老人也离开了，一边走一边连声哀叹着“天冷得不行……唉，说啥都没用……”。我注意到那个车夫把车蹬到离我们远些的地方站住了。他那副讨好、怯懦的样子让人讨厌，但不知为什么，他那样子又让我想起那条远远观望、等着扒一点儿垃圾的流浪狗。

接电话的还是那个声音好听、态度和蔼的姑娘。

“是我，刚才打电话的那个。”我口气严厉地说，“我知道你不是管事儿的，你做不了主，你找个能做主的，现在就去找。你告诉他，我是从外地回来的，我给报纸写文章。如果你们今天不把这件事解决，我会拍照、写文章，把你们的渎职写到网上去，写到报纸上去！我会告诉公众，在这个地方，你们任凭一个残疾人冻死在街上。你明白我的意思吗？”

我的话起了作用，好一会儿，电话那边一声不吭。然后，她说了声“那你等一下”。很快，来了个男人，他不说普通话，说方言。我把我之前被各个部门推诿的情况说了一遍，又把我刚才那番威胁要曝光他们的话重复一遍。他听完恶狠狠地大声说：“不是我们不管，而是不在我们的职责范围！不过，既然那些龟孙子都推给110，我们先过去一趟！地址给我。”我说完地址，他立即把电话挂断了。

“他们来？”那个冻得缩肩耷背的年轻人问。

“来。”我说。

“我看你就不像本地人，原来你是外地回来的，还是耍笔杆子的。他们现在就害怕上网曝光。”中年人说，露出深谙世故的模样。他倒是个典型的围观者，一直笑呵呵的，情绪稳定，连说话腔调都没丝毫变化，只是因为寒冷而略有些发抖。

我们三个挤着站在那片狭小的屋檐下，但一点儿也不济事，雪花斜飘过来，落在裤子上、靴子上……青年穿得最少，一直原地跺着脚。看起来他俩决心要把这场戏看完。

我们等车的时候，那个三轮车夫又慢悠悠地蹬着车过来了，问我："怎么样，老板？要不要把人送医院？这么冷的天，也等不来活儿，就给十块钱吧。十块钱行吗？"

我把脸转到一边。

那个中年人笑话他说："老哥，还想着拉个活儿呢？110要来，哑巴要被小车接走啦，谁还坐你这破三轮儿。"

老车夫听了重重地叹口气，又把车蹬到远些的地方停住。

大约五六分钟后，我们听到警笛的尖厉呼啸，然后看见一辆顶部带警灯的白色面包车从北边开过来。我赶紧走去路边招手。车子停下，从前面跳下来两个穿警服的，其中一个四十来岁、脸色阴沉的高个子警察气势汹汹地问我："人在哪儿？"

他跟过去瞅了一眼，叫年轻的警察去拿担架。然后，他俩就像抬一个包裹一样，把哑巴连同他的湿被套一起堆到担架上，塞进车里。

"他妈的冻死狗的天气，这都算什么事儿啊？"高个子警察猛地把车门拉上，骂骂咧咧地说，吸了一口始终夹在手里的半截烟。

我感到车厢里冲出一股热气。我想，那里面至少是暖和的。

“你们会把他送去医院吗？”我问那个四十来岁的警察。

“这你就不用操心了，”他厌烦地说，“你要我们来拉人，我们来了，还有什么话说？”

“他是个哑巴，已经冻僵了。”

“大雪天睡地上，谁他妈不冻僵？人身又不是铁打的。”他又猛抽了一口他的烟，眯着眼打量我，“就你报的警？就你说要曝光我们？”

“是我报的警。我怕你们不知道事情的严重性……”

“严重性，严重性！”他嚷嚷着打断我，“这么多残疾人、疯子、傻子，连他们自己家里人都不管，放出来到处跑，我们他妈管得过来吗？我们是警察，不是福利院！”

“来了就好，来了就好，这天儿还跑过来，警察同志不容易啊，确实没话说。”中年人在一边打圆场。

“好心谁他妈都有，关键是办实事儿。”警察说，瞪了我一眼。

说完他跳上车。车往前开走几十米，又猛然停住，一个烟头从车窗里飞出来、划了个大弧落在车轮碾过的雪地上，那警察的脑袋伸出来，朝我喊道："我们会把他送到法医门诊，放心吧，死不了人的。"

我看着车在街角消失不见了，心里踏实许多，刚才的愤懑、痛苦、屈辱感纾解了，甚至觉得那个警察虽然态度粗暴，心肠倒不坏。那是一个人，还活着的人！至少，他不会像垃圾一样被扔去荒郊野外了……雪还在下，比刚才小了一点儿。年轻人和中年人心满意足地议论着离开了。我抖掉围巾上的雪，重新戴上手套，也往家走去。那辆可厌的三轮车还在前面不远处停着，车上落了层雪。我经过时，车夫说："老板，大冷天儿的，坐个三轮吧，只要不出城，都是五块钱。"

我看也不看他一眼，继续往前走。他竟然蹬着车，跟在我旁边。

"老板，坐个车吧，你看我也等大半天了……"他哀求说。

"我可没有让你等。"我说。

"你没有，没有没有，你看我这张老嘴，冻得说不成人话了。我这不是没有活儿嘛，大清早就出来，蹬一天了，总共拉了俩人，这天都晚了……"

“你不用再缠磨了，我不会坐你的车。”

“老板，”他突然悲愤地叫了一声，“你可怜要死的人，也可怜可怜活人吧！”

我看了他一眼：他身上和车上一样，披着一层薄雪，短短的白头发楂儿上闪动着亮晶晶的、还未融化的雪片，一张卑微的脸上有种想哭的表情。我想，他不过是个善于纠缠、欺骗别人的老混混，一个城郊的泼皮！这种人穷苦，但不值得可怜，可能还穷凶极恶呢……但我随后改变了主意，上了他的车。这不是因为我可怜他，我只是想再问问那件令人难以置信的事。

我一上车，他立即变得兴高采烈，殷勤地嘱咐我坐稳当坐舒服，还告诉我里面有个小被子，是他媳妇专门缝的，给客人盖腿上暖和的，“用的是今年的新棉花哪！”他说。我看到了那个碎布头拼成被面的、四四方方的小被子，但我怕脏没有盖。我告诉他我家的地址，他迟疑了一下，说那还不到半里路，给三块钱好了。我烦躁地说，我跟你说了，我不需要坐车，你非要缠着我，既然坐上了，随便吧。

他很憨厚似的“嘿嘿”笑着，说老板就随便给吧，两块三块都行。

他蹬得很慢，比我走路快不到哪儿去。

上车不久，我问他："你为了挣五十块钱，就把冻僵的傻子扔到树林里了？你为什么不报案？"

他一时没作声，哼哼哈哈地顶着风蹬车。拐过一个弯儿才说："唉，老板，你是外地回来的人，我刚才一听你说话就知道你不是本地常住的人。你想想，我一个蹬三轮的，能做什么？你不也打电话报案了？人家一开始不也不管？别说我这个蹬三轮的去报案了。谁会听我说话啊？但把人扔进树林里，咱也没那狠心。但我要不那样说，那家老板也不会给我五十块钱。我拿了钱，拉着傻子兜了几圈，趁没人把他搁民政局门口了。"

"你刚才为什么那么说？"

"唉，我不就是想挣你一点儿钱嘛！我以为那是你家……搁一般人身上，谁不是想着赶快把人弄走，别让他在自家门口断气儿？我就是想挣点儿钱啊，老板。你看看我，你猜猜我多大年纪了？"

我没有回答，他就自己又说起来："我今年五十七了，腿也不好，还在遭这罪。你想想我要是有办法，这把年纪还出来蹬三轮吗？明天就十五啦，我满城转，兜里就挣了十块钱，一家人……”

他不说话了。

“你这回说的是实话？”我问他。

“你看看我，我一把年纪了，虽然不像老板你是读书人，但我也不会害人。都是穷苦人，我比那哑巴、比那傻子能好到哪儿去？说句不吉利的话，我要是哪天犯病了，往街上一倒……我不也和那哑巴差不多？”

我沉默不语，不知道该不该相信他。下车时，我给他二十块钱，看见他脱下棉手套，抖着一双手在兜里翻出一小沓又脏又破、按面值大小排列整齐的零碎票子，我注意到那双手上布满冻裂的伤口，裂开的地方就像小孩子张开的、红红的小嘴。

他用手指舔了口水数那些五毛、一块、五块的破票子。

“不要找了。”我对他说。

他睁大一双浑浊的老眼看着我，似乎不敢相信我说的话。

“我对你说不用找钱了。”我没好气地说。

“老板，这，这……”他语无伦次地说，脸都红了，

“这可使不得，我不能收你这么多钱……这可使不得……”

“你赶快回家吧。”我说完，转身进了家。我关上门以后，还听到他在门外一迭声地道谢。

母亲已经在厨房里准备晚饭了。我在玄关那儿脱了半湿的大衣、围巾，挂到衣架上。母亲说：“今天怎么出去这么久？”我说：“好多年没见过雪，多走了一会儿。”父亲仍是坐在沙发上听电视机里的评书，我在他旁边坐了一会儿，犹豫着，最后还是决定什么都不说。我还在疑惑我是不是受了那老车夫的骗……但那又有什么关系？我想，这种绝不可能得到答案的问题只会让人越想越烦躁。只有当我想到那哑巴现在躺在一个安全、暖和的地方时，我才感到轻松，甚至有那么一点儿振奋和快乐。

后来，我回到楼上我自己的房间，翻开昨天没有读完的那篇《出诊》。这小说也不知道是第几次读了，但每次读到科洛廖夫对他的女病人说的那段话，我都觉得那是他对他自己说的、对我说的，这一百多年前的理想总是还能打动我。我只是不知道，“过了五十年光景”，生活是否一定会好过现在？那些对不对的问题是不是已经解决？我们今天劳神费力的思索、我们所承受的良心的煎熬是否值得？

我放下书，走到阳台上去。阳台上比房间里冷多了，但空气也清新许多。从那里望出去，雪还在下，没有将停的迹象。天空灰沉沉的，但地面上的一切都变白了，街道、屋顶、路边的赤裸的树杈……往日灰暗、脏乱的城市因为覆盖着雪而显得洁白、崭新、安静。街灯亮起来，又给这洁净安宁涂上一层晶莹的光泽。雪一下，仿佛一切重来了一遍，仿佛一个新世界会在悄无声息中降临，污秽将被洗去，丑陋将被掩埋……人心里又生出那种不可理喻的希冀来，尽管它如雪花般渺茫、毫无着落，下一秒钟便会飘散得无影无踪。

2020年2月17日

临渊

这样的天气让人想出门走走。在持续多日的强光和燥热之后，终于有了个阴天，竟然还吹起一点儿风，但不至于阴得让人担心会下场大雨。午饭后，我带上钓具到河边去。我想，上午下过一阵雨，鱼可能会多一点儿。我这种想法是没有什么科学根据的，只是感觉，这感觉大概出自雨滴落在水面和鱼儿在水下游动都会激起涟漪的联想。很可能我是错的，不过那也没关系。天气至少很凉爽，在河边坐坐、吹吹风，好过待在家里。

我是新手。这是我第三次钓鱼，也是第一次河钓。前两次我都是去养鱼的鱼塘里钓。在鱼塘里钓鱼就像拐弯抹角地买鱼，无论多么生的手都能钓上来鱼，鱼好像晕晕乎乎地直撞钩，而且钓上来的都是大个子笨鱼。在鱼塘钓鱼除了容易钓，就是方便收拾，钓上的鱼他们称过重就帮你清理干净，你要是需要，鱼塘的厨房还提供烹饪服务，或炸或烤或烧都可以。

听人说过这河里有鱼，趁着今天天气好，我就来了。从县城里过来大概是四五十里路，开车将近二十分钟。河上有座老水泥桥，从桥那里往上游去一段，有个已经废弃不用的水闸。水闸上盖着两层楼房，以前大概是水闸工作人员的住处，现在做了什么用途不知道。我以前去别的地方有几次经过这座桥，这个废弃的水闸总是引起我的一点儿遐想。我想，一个人住在水上的房子里，每天望着河流，听着流水的声音，应该是一件很舒服的事。

我把车停在桥东头的停车场。桥东的这一片地方叫“湿地公园”，其实就是河边的一片被开发出来的空地，建了个停车场，挖出的两个花坛里摆了些盆栽的花，靠近河边的地方又修了一个观景的亭子。在空地的中央，矗立着一个大概二三十米高的瞭望台式的建筑。

在湿地公园的岸边（已经砌上了水泥台阶），我看到有两三个钓鱼的人，河对岸也有两个人。我挎着渔具包、背上折叠椅、手里提着一个塑料桶，往桥上走去，想看看桥西边钓鱼的人会不会少一些。来到桥上，我发现西面的水边只有一个人。我想，为什么钓鱼的都聚集在桥东头儿，或许东边鱼多些？……我犹豫了一下，还是去了西边。我想，反正不过是打发时间，鱼多鱼少都无所谓。

河面上浮着一层薄薄的水汽，像沉得很低、要散不散的雾。可能因为上午下过雨，河水的气味很浓。这种气味儿很难形容，有一点儿腥，掺杂着泥土、青草甚至水中生物的气味儿，还有一点儿发涩的金属的气味儿。我从有点儿陡的河堤上下来，看清了水边坐着的是个六十来岁的男人。我想找个离他远点儿的地方，但发现这一带的岸边水草丛生，杂乱而浓密，有的河岸还比较陡，要找个平坦点儿的地方放椅子和支架不容易。他在唯一一片平坦的、伸向水边的沙地上占据了一个中心位置。我逡巡了半天，最后还是在离他不远的地方找了块地方放下我的东西。我尽量不看他，而是专心致志地把我的折叠椅放好——它很轻便，就是左右两组钢管儿撑起来的一块黑色帆布，上面还连着一把歪歪斜斜的防晒伞。我正在调整椅子的位置时，听见他问了句：“来钓鱼啊？”我“嗯”了一声，转过身对他点点头。我看到一张非常随和的、笑得发皱的男人的脸。这样，我们就算是打过招呼了。

我绑上饵，把鱼线抛下水，把钓竿用支架支好……什么都弄好以后，我在椅子上舒舒服服地坐下来抽根烟。我不喜欢拿着竿儿像个静物一样地坐着，所以我不是个真喜欢钓鱼的人，我喜欢的只是这样无所事事地坐着，没有熟悉的人在你周围，没有喋喋不休的规劝、亲密到让人压抑的气氛，我喜欢的就是到这么个空阔的地方呼吸一口空气。我往河的上游望过去，越过桥，我又看到远处废弃的水闸上的房子，像一处残破的空中楼阁。

“小伙子不经常钓鱼吧？”我突然听见老头儿问我。

“不经常，刚学的。”我说。

“看得出来，呵呵。”

我也笑了一声，作为答复。

“第一次到这儿来？”他又问我。

“对。”

“我说呢，以前没碰见过你。经常来这边钓鱼的几个小伙子我都认识。”他说。

我心想，这是碰见爱聊天的老头儿了，不过也没关系，和陌生人聊聊打发时间也挺好。

“桥那边有几个人，那边钓鱼的人多些？”我问。

“我不喜欢到桥那边钓，有个什么湿地公园，人太杂。人一杂鱼都被吓跑了。钓鱼不就图个清静吗？”他说。

“这地方是更清静点儿。”我说。

我转过头去，往河的下游看。河大概在半里多开外的地方转了一条不大的弯儿，转弯处的芦苇丛长得高而茂密。再往前去，岸边有个村庄，笼罩在树丛里，影影绰绰。我站起来，双臂往上伸展几下，准备沿着河岸往下游走走看看。

“小伙子，也不管你的竿儿了？万一鱼咬钩了呢？”他笑嘻嘻地提醒我。

“哪会这么巧。”我转过头对他说，“我往前面走走，一会儿就回来。”

“去吧，去吧，年轻人就是坐不住。我帮你照看着。”他说。

“那谢谢大伯啦。”我说。

他这时说他姓蔡，大家都叫他“蔡老师”，他也比较习惯人家叫他老师。

我说：“蔡老师，抽烟吗？”

他说：“偶尔也抽一根，倒是没有烟瘾。”

我从兜里掏出烟盒，抽出一根烟递给他。他腾出一只手接，又说：“你看我这手占着……”

我说：“没事儿，我给你引着。”

我掏出打火机，给他点上烟。

他很用力地抽了一口，满足地眯了下眼，说：“还是这东西解乏。”

我笑笑，没说话，心想这下我可以走开一会儿了。

我刚转过身，又听他在我背后说：“小伙子真懂事，现在懂得尊老的年轻人可不多。”

我只好又转过头对他说“蔡老师过奖了”。然后，我加快脚步沿着长满杂草的河岸往下游走去，我想走去河流转弯儿的芦苇丛那边。

天气真不错，凉爽，风从河上一阵阵地吹过来。我走过的地方，青草丛里的蚂蚱雨点儿一样迸飞，隐匿在水里还是草丛里的一些虫蛙在鸣叫，空气里似乎不断泛出、翻滚着生命的新鲜泡沫。只有在人迹稀少的地方，人才能嗅到生活的这种鲜活气息。而在拥挤杂乱的城里，四周围绕着熟悉你、盯着你、随时评判你的人，人却像暴晒蔫儿了的植物，像关在笼子里、完全失去了念想的动物。也许因为岸边的青草湿润，我的运动鞋前面都湿了。走到那片芦苇丛边缘的时候，我在水边找到几块小石头，用力往芦苇丛里扔进去。我想，如果有野鸭什么的住在里面，它们会被石头惊起、飞出来，这些动物都是非常敏感的。但石头扔进去，没有野鸭飞起来，也没有别的动静。我在那里站了一会儿，心想下次来的时候带把铲子，铲掉一小块儿青草、铲平一小片地方，然后我就可以在这里单独钓鱼了，或者说只是单独待着。据说河流拐弯儿处会有更多的鱼，不过我一点儿也不关心鱼，我只是喜欢这个空荡荡的、有芦苇丛的地方。

我朝来的地方看了一眼，看见那个人还是一动不动地原地坐着。在这里，时间也像是一动不动。我想找个地方坐下，但到处都是湿漉漉的草。我在靠近水边的地方蹲下来抽了一根烟。我想，也可能我真的是个对什么都漠不关心的、心灰意懒的人，是我父亲瞧不起的“没有本事”的人。我考上了一个二本，读完了大学，在两个不同的县城机关当了相当长时间的临时工后，又先后被解聘。为了这个事，我父亲打了不少电话，找过一些人，但也没用，毕竟他已经退居二线了。我自己呢，像是辛辛苦苦地兜了一个大圈子又回到了原地。在我离开第二个单位、待在家里的这一年多来，父亲对我越来越失望，有时候甚至想对我大发脾气。我想，如果不是他老了，而我年轻力壮，他可能会像我小时候那样揍我一顿。我母亲虽然处处维护我，但我感到她也筋疲力尽，她整天为我发愁，还想着不要让父亲因为我发愁发怒……有一天晚上，我从房间里出去，想去冰箱里拿一罐饮料。我听见父亲暴怒的声音说出来的两个字——“废物”，我听到母亲压低声音急切地制止他，而他还是连说了两次“废物”。我知道他们在谈论我，而父亲正怒不可遏。我在过道里僵立了一会儿，过后才意识到自己紧握着拳头。最后，我什么喝的也没有拿，又轻手轻脚地回到房间、关上门。并不是我没有那个勇气冲过去揭穿他，我只是怕我母亲尴尬，我不想让她为我忍受更多的忧虑、委屈。她这一辈子都是这样，忍耐、伺候着这样一个丈夫，小心翼翼地应对家里的两个男人，试着扑灭家里所有的火。但我和我父亲之间的矛盾根本不可能解决，他看不惯我，我更看不起他。他是一个假装威严的小男人，一个内在的市侩，一直善于在自己的妻子、孩子面前大发雷霆。他退休以后，常常哀叹世态炎凉、人们再也不在乎他。但我在单位时，逢年过节，他就催促我去给领导们送礼，我不去，他认为这是我没本事、没材料的证明。他说的“材料”“本事”无非就是觍着脸挨家挨户给领导送礼、说谄媚话的本领，无非就是当奴才的心安理得。我的确没本事像他那样在机关里混一辈子，混到副局级，但我也不会变成他那副样子，我觉得当个混混、当个闲汉都不至于像他那么滑稽可笑。

我把烟头使劲儿踩灭，起身慢慢地走回到原来的地方。我扫了一眼我的东西，惊讶地发现桶里有一条六七寸长的草鱼。

“我帮你拉了一竿子了，”老人笑得很得意，“新手好像运气都特别好，人不在都能上来鱼。我在这儿蹲了半天，也就钓了三条小鱼。”

我扫了一眼他的桶里，确实只有两条半大的鲫鱼，一条比我这条差不多小一半的草鱼。

我连声道谢，打开渔具包准备拿饵料。

“找饵食呢？我都给你绑上了。我看你的是粮食饵，我用的是蚯蚓，不比你那个差。”他说。

他的过度热情倒让我不好意思了。我不知说什么好，只好又说了“谢谢”。

“开门红啊，好好钓吧，钓鱼就是要坐得住。”

我在椅子上坐下来，拿出手机翻看，偶尔瞟一眼河水，以及漂在水面上的浮子。

“小伙子运气好啊，今天天气也好，天凉些，鱼也舒服，下过小雨，水里含氧量高，鱼活跃。”

“你真有经验。”我夸了他一句。

“也钓了好几年鱼了。”他说。

我朝后靠在椅背上，盯着鱼线下水的地方。阳光比刚才稍微强了一些，天似乎想放晴。眼睛望水面望得久了，会被那些细碎、无声跳跃的小光点弄得虚晃，河面仿佛变成了一面反光的镜子或是一团明亮的烟雾。我又刷了下微信——没有人给我留言，所以，没有人找我或是想着我。我把手机放回裤兜里。我觉得眼睛有点儿疲劳了，就闭上了眼睛，心想，在水边晒着阳光睡一觉倒不错。

但过一会儿，我听见他在对我说话。

“小伙子，你今年多大了？”他问我。

我不得不睁开眼，回答：“三十一了。”

“正当年啊，而立之年。”他文绉绉地说，又问我，“成家了吧？”

“还没有。”我说。

“在哪个单位上班？”

“不在单位，自己做点儿小生意。”

“那更好啦，当老板，自己挣钱自己花。”

我笑了一下，明白没法休息了，索性从兜里掏出两根烟，先燃上一根递给他，接着自己也点了一根。

他抽着烟，眯眯笑着说：“我家姑娘和你年纪差不多，也就比你大两三岁。”

“你家姑娘？……她也在县里工作？”我只是随口问了一句。

“哪有？”他的表情立即严肃起来，眯着的眼睛也睁大了，“我家姑娘老早就考大学考走了，她先在武汉上的大学，上的是华中科技大，上完大学就出国读博士，去了美国，硕博连读，直接读博士。”

“那真厉害！”我赞叹道，喷出一口烟。心想这老头儿倒是个见多识广的，恐怕也是个喜欢吹牛的。

过一会儿，他脸上的表情放松了一点儿，恢复了那种谦逊的老好人神态：“我家姑娘只比你大三岁，说不定你们还上过同一个高中呢，那你肯定听说过她的名字，蔡晓婷，你听过没有？她考试老是全年级第一第二，没有下过前三名，学校里老是表彰，照片天天贴在光荣榜布告栏。你读的是一高吗？”

“不是，我读的三高。”我说。

“那你可能就不知道她了。”老头儿有点儿失望地说。

“她在美国哪个地方？”我问。

“印第安纳州，上的是印第安纳州立大学。”

我想，老头儿应该不是在瞎吹牛，起码他知道印第安纳州，知道这个州的人恐怕不多。

“那你姑娘已经在美国安家了吧？”我笑着问他。

让我讶异的是，他的脸突然变得通红，表情也有点儿古怪。但随后他笑得更厉害了，笑得都咳嗽起来：“没有，哪有！唉，正让人发愁的时候，我这天天发愁呢……现在的姑娘都不愿意早结婚早生孩子。都三十多了……”

我想我不便于再说什么了，毕竟这是让他发愁的事。他也没再说什么。

我假装查看了一下我的钓竿，毫无必要地调整了一下支架，又把手机拿出来看看。仍然没有任何人给我发信息，于是我开始点看别人的朋友圈。

突然，我听见他叫了一声。

“拉啊，快拉。”他喊道。

过了两三秒钟，看到浮子在动，我才意识到他是在对我喊，我赶紧丢下手机去收竿儿，但拉上来的是个空竿儿。

我听见他叹了口气。

“没事儿，空竿儿是经常的事儿，新手嘛。再等等。”我这么说倒像是安慰他。

他瞅了我一眼，说：“小伙子性子真好，一点儿也不急。”

我笑了笑。

接着，他又说起他姑娘，又提到我和他姑娘年纪差不多。

“我跟她说过多次，找爱人还是找我们中国人，最好是老乡。外国人和咱们吃饭说话都不一样，硬要一块儿过，那不是作难吗？”

我附和他说：“你说得好像也有道理。”

“这道理一说你就明白了，是不是？可我那姑娘……唉……”

“你是说她找了个外国人？”

“不是，不是，”他连声否定，“她不是还没结婚嘛。”

突然，他低呼一声“对了”，就把鱼竿放在地上，在他身边的一个破破烂烂的黑色旅行包里翻找起来。

我好奇地看着他，不知道他想起了什么。过一会儿，我看他翻出来一个黑色硬皮笔记本。

“你看看，你看看，这里有我们家姑娘的照片。”他凑过来，给我看夹在本子里的一张相片。

我想，他该不会是想给我介绍对象吧？这也太荒唐了，他姑娘在美国。

我看了一眼，有点儿吃惊，因为相片上的姑娘很年轻，看起来只有二十出头，不像是三十几岁的姑娘。那姑娘穿着一件格子衬衫，扎着马尾辫，戴一副近视眼镜。相片上的人说不上漂亮，但看起来也端正清爽，有一股浓浓的学生气。

“她看起来很年轻啊，还像个大学生。”

“是以前的照片了，刚要出国那会儿拍的。”他“嘿嘿”笑着，用袖口擦了擦相片，好像拿出来看一下就给它染上了灰尘似的。

“一看就是好学生。”我说。

他还在仔细翻看着那个本子，皱着眉头，好像在找什么东西。

果然，他很快又轻快地喊着“在这儿呢”“你看看这儿”，我识趣地凑近，接过他递上来的笔记本，他翻开的那页贴着一块旧剪报。剪报上的新闻里有一张小照片，和我刚才看的那张彩色照片里的女孩儿是同一个人。她仍然扎着马尾辫、戴着眼镜，只是因为报纸陈旧发黄，这张照片更模糊，而因为模糊，她显得更好看了一点儿。剪报上的文章标题是“热烈祝贺我校学生蔡晓婷获全国大学生物理竞赛二等奖”。报纸最上头那行注明日期和名称的小字全都模糊得认不出了。我想，这应该是他女儿学校的校报。他不愧是个老师，把这些资料都整理、保存得很好。

在我例行公事地又说了几句夸奖的话之后，他又把本子要回去，开始寻找下一页……我说不上感兴趣，也说不上厌烦，我想，反正也只是坐在这儿等鱼，看看关于一个姑娘的信息也不错。于是，我又耐心地看了他让我看的其他照片、剪报，听他给我详细讲解她的各种奖项和荣誉（他的记忆力清晰得让人吃惊），甚至还看了她的博士录取书面通知的复印件（一封末端有一个完全看不清楚的字母签名的英文信）……

老头儿终于郑重其事地把本子收回到他的包里。我想，他恐怕是不经常见到他女儿的，所以这个本子对他来说是很珍贵的东西，连外出钓鱼都要带在身上。然后，我们俩都专注地钓了一会儿鱼。其间，他钓了一条大概一两斤的草鱼，我又拉了一次空竿儿，但最终钓上来了一尾二三两重的鲫鱼。钓上了两条鱼，我觉得第一天河钓的运气已经不错。我这时想往桥那边走走看看，但我想到如果我离开，他又会主动照看我的鱼竿儿，这样倒像是我爱给人添麻烦。我朝桥那边望过去，又看到水闸上的房子，问他知不知道那些房子现在是派了什么用场。

“平常都没有人住了，空着。夏季防汛时候乡水利所的人可能用几天。”他果然知道。

“这房子属于哪儿管？”

“归乡水利所管吧。”他说，“怎么问起这个？”

“没什么，随便问问。”

“小伙子想搞什么项目？”他笑嘻嘻地看着我，一副深谙世事的样子。

我这才突然想起来，在他心目中，我是一个“生意人”。

“这房子废弃了挺可惜的，房子建在河上，做餐馆或度假旅馆都挺好。”我想这么说比较符合我的“身份”。

他也朝水闸那边看了一会儿，然后转过头赞许地说：“小伙子头脑灵活！”

我说：“哪里，只是空想一下。”

“唉，我早和我姑娘说了，要找就找个中国人，最好是家乡人。要是找的人像小伙子你这样……”老头儿说着，重重地叹口气。

我吓了一跳，赶紧说：“不敢当，不敢当，我一个做小生意的，哪里配得上你姑娘那样的学霸。”

他说：“小伙子，你不知道，我这么大年纪了，早明白过来，找对象，学不学霸的也不重要，关键是人品。你别看我年纪大了，我看人还不眼花，我和你处了这么半下午，就知道你人品好。现在像你这么尊老、懂得客气的年轻人真不多！还会做生意……”

“小生意。”我澄清。

“不管做什么生意，”老头儿有点儿激动地挥一下手，“我觉得姑娘找对象就要找你这样老实、勤快的小伙子，又是老乡，知根知底。”

我觉得他说得有点儿忘情了，提醒他说：“现在年轻人恋爱都不告诉家里人，可能你姑娘早就找好了。再说，你想帮忙也帮不上，她不会听你的。”

他好像怔住了一下，然后有点儿沮丧地摇摇头，说：“没有结婚都不算。”

我笑了下。我想，人老了真容易糊涂，竟然还认为能在结婚这种事上给远在美国的女儿帮忙。

这时，他像是猛地想起什么似的盯着我：“哎呀，只顾说我姑娘，忘了问你了。你怕是有对象了吧？”

我顿了顿，说：“有了。”

“哎呀，我就说嘛，”他脸上讪讪地笑着，显然有点儿失望，“哪里的姑娘这么有福气，机关里上班的？同学？”

我说：“是老同学。初中时就认识。”

“那真是青梅竹马。”

“算是吧。”我说，转眼望着河水。这会儿天又阴下来，水上的闪光暗了些，一点儿也不刺眼了。我想，既然不得不说话，我也随便讲讲我的故事。反正他是个空气般的听众，连我的名字也不知道。

我说：“我们初中时，她坐在我前面一排。我那时候就喜欢她。”

他是个不错的听众，懂得及时提问：“那你俩那时候就恋爱了？小伙子你这是早恋啊。”

“没有，那时候我们当然没有谈恋爱，就是偶尔说说话。我觉得她对我说的话比对别的男生说得多……这我确实有感觉。后来，我们没有读同一个高中，就中断了联系。我以为可能再也联系不上了，没想到，我考上大学后，有一天，我收到一封信，就是她写给我的。”我说着，把手插进口袋，想掏根烟来抽。但我犹豫了一下，手捏了下烟盒，又拿出来了。

我接着讲："她给我写了一封信，说是偶然从一个老同学那里打听到我的地址。我那时在郑州上学，她在苏州上学。我们就开始互相写信，没事儿就写信……"

突然，我觉得"写信"这件事似乎有点儿不太真实，至少他听起来可能觉得不真实，现在还有几个人会相互写信？尽管有时候我躺在那儿、想某个人的时候，我感觉我心里在给她写信，说了很多只可能写下来的话……

于是，我说："然后我们就联系上了，我们经常联系，发短信息、微信聊天。后来，我就去苏州看她了，她在苏州大学。我第一次去看她的时候，还下着雪，我们说着走着，差不多在她学校里走了一晚上……那个情景现在还记得。"

"这就恋爱上了？现在这姑娘回老家了？"他立即问到了实际的问题。

"没有，她还在苏州那边工作。"

"那怎么行？两地分开。"

"问题不大，经常见面的。"

"那姑娘也是好人，愿意等。"

"她的确很好，少见的好人。她想等到在那边事业稳定了，然后我就过去，是这么打算的。”我说。

“总得结婚，结了婚总得住在一个地方。”他关心的似乎只是结婚。

“现在谁也不急着结婚。”我笑着说。

“也是，现在的年轻人都不急着结婚，像我姑娘，都不能对她提‘结婚’两个字，提了就恼。”他说着直摇头。

“我女朋友也不喜欢听劝婚，两边父母提这些，她也不高兴的。不过，早晚的事。”

“小伙子还得熬啊。”他说着笑了。

我也笑了下，说：“习惯了，也挺好，反正每个月都能去看她。自己没事儿的时候还能出来跑跑、钓钓鱼什么的。”

我说完，手又不争气地插进裤兜里，但我就像和自己赌气似的，只是紧紧地捏住烟盒，然后又松开了。我知道我说的人是谁。有一天早晨，下着小雪，我在学校门口遇到了她。没有其他人，因为我们俩都迟到了。我看到她走在我前面，忍不住叫了她一声。她回过头看着我，很惊讶，我自己也很惊讶。我们在这种惊讶、静默的气氛中呆立了一会儿。后来，一看到她，我心里立即生出一种毛茸茸的暖意。我也能感觉到，她有点儿喜欢我，或者至少对我特殊一点儿。她几乎不和其他男生说话，却常常从前排转过身和我说话，虽然说的都是类似询问作业、嘲弄老师的话。当她和我说着、笑着，当我看着她的时候，那种毛茸茸的感觉就在我心里疯狂滋长，有时候我不得不把双手紧握在一起，假装无聊地把指关节掰得噼啪作响，而这样的动作、响声肯定让她觉得十分幼稚可笑，察觉到这一点我又觉得无地自容……有的人会一直藏在你心里，但对熟悉的人你没法说起，你遇到一个陌生人，就会突然想说说关于她的事。

最后，我还是忍不住拿出来一根烟。我向他示意一下，他摇摇头说："不抽了，不抽了，今天抽了两根，已经过瘾了。小伙子烟瘾挺大。"

"也没什么瘾，就是没事儿。"

我抽烟的时候，他安静多了。我想，他现在终于不再对我讲他女儿了，大概觉得我没什么希望了。

我注意到河上的光暗多了，水从银色变成了青灰色。就在我快抽完那根烟的时候，我感到似有似无的雨点落到了我脸上，凉丝丝的，在这温热天气里倒让人觉得舒服。

很快，老头儿也感觉到雨了。他放下鱼竿，从旅行包里扒拉出来一件黑塑料布一样的老旧雨披搭在身上。

“准备的东西真全。”我说。

“经常钓鱼，什么都得有。”他说。

我抽完烟，感觉雨点比刚才稍微密了一点儿。虽然雨还是很小，但河上已经漫起来一层雾。我感觉我坐在四处弥散的温暖的雾中。我很想再坐一会儿，可担心雨下大了，从这里走去停车场毕竟还有段距离。

我起身，开始收拾东西。

“这就走了？”老头儿有点儿惊讶地问。

“对，回去还有点儿事。”我说。

我看看桶里的两条鱼，决定把鱼送给他。他很惊讶，我说其实我就是打发时间，拿回去我妈也不爱收拾，她怕家里腥气。他推脱了一下，立即接受了。看得出，他很为这意外的收获高兴。

“小伙子人也大方，我是不会看走眼的。你下次什么时候来？”

“我也说不准，”我说，“哪天有空说不定就跑来了。”

他连声说好，说他都是在老地方钓，让我来了还到这边来找他。

跨过桥以后，我感觉雨反而小点儿了。在停车场，我正把渔具包和折叠椅放进后备厢时，听见有人喊我。我转过头，看见以前单位的一位同事正笑着从车道对面朝我走过来。

“你也来钓鱼？怎么没看见你？”他问我。

“我在桥西头，你是不是在这边钓？”我问他。

“是啊，我一般都在东边。你不经常来吧？西边钓鱼的人不多，地方太荒。”

“我第一次来。”我对他说，“西边没什么人，不过我遇见一个蔡老师，他说他总在那边钓。”

“蔡老师啊？”那个人表情暧昧地笑了。

“你们认识？”我问。

“经常来钓鱼的都知道他。他是不是对你讲了他女儿的事？”

“对啊，你怎么知道？”我有点儿吃惊。

“每个人都听他讲过。他碰见谁就对谁讲他女儿，还给人看照片，要是没有结婚的，他就想给女儿介绍对象，挺瘆人的。”

“瘆人？也说不上瘆人吧，估计当家长的都这样，吹起自己孩子来没头儿。”

他皱了下眉头：“当然瘆人。他肯定没和你说，他女儿早就死了。”

“死了？”我怔住了。

“是啊。你要只听他讲，绝对不会想到他女儿死了。不过，我们经常来钓鱼的都知道，有人认识他，知道他女儿的事儿。说起来挺惨，他女儿去美国读博士，被她的美国男朋友枪杀了，大概就是争风吃醋的事儿吧，都好几年前的事儿了。老蔡很有意思，他逢人就讲他女儿，就像她没死一样。知道的都躲着他。”

“这样啊……”我不知道说什么好。

“挺可惜的，一个乡里教师好不容易培养出来个留学生，就这么被老外杀了。”

接下来，他又问起我的工作，问我现在去了哪个单位。

“没再找工作，不适合坐机关，现在自己做点儿小生意。”我说。

“哪方面的生意？”他问。

“小生意，网上的。”我说。

“给个网址呗，回头帮你吆喝两声。”

“不用不用，主要是和厂家联系。”我急忙说。

“做大生意了，那就帮衬不上了。”他笑笑。

我们又寒暄了两句，就告别了。我坐在车里，从后视镜里注意到他的车开走了，才慢慢把车倒出去，开车上路。

我想起那张照片，老头儿拿给我看的那张照片，那当然看得出是一张旧照片，但我还是不能想象那是一个死去的人的照片，我还盯着那上面的姑娘看了好一会儿，当他喜不自禁地给我讲他女儿，我还以为他想把女儿介绍给我……想到这儿，我简直觉得有点儿恶心！我想摆脱那张照片给我的印象，但我越不愿意想它，照片上那女孩儿的样子越是一直在我脑海里浮现出来，越清晰、鲜明。像我在停车场碰见的那个家伙说的，这确实挺“瘆人”的。有一阵子，我觉得我握着方向盘的手在发颤。我让车慢下来，打开车窗，拿了一根烟抽。过一会儿，我的手终于稳住了。我觉得我平静了一点儿，甚至能够理解他了。我想，他能怎么办呢？也许那是他能找到的唯一的办法，也许他只能在那一次次谈话中使她复活……

渐渐地，另一个女孩儿的脸覆盖住了照片里那张陌生女孩儿的脸。那是我大学时的女朋友，我们恋爱了两年半，最后还是分开了。我现在还能在朋友圈里看见她。她毕业后留在了郑州，嫁给了一个开美容院的郑州人，现在有个四岁多的男孩儿。她的样子已经变了很多，我感觉她整过容了，却并没有变得更美。她那些过度美颜的照片看起来非常古怪，整个脸型都变了，以前她是很可爱的圆脸，而现在不知道是整容还是P图的缘故，她的下巴很尖削，脸颊凹陷得厉害。偶尔，我们会在微信里聊上几句，彼此说话的口气就像我们从未恋爱过、从未在一起睡过觉。然后，我又想起另一个女孩儿，是我第一个工作单位里的女孩儿。我们也谈了将近一年，也睡过。她现在也嫁人了。我有时在街上碰到她，她开着一辆白色轿车，烫着一头密密的细小发卷，隔着车窗玻璃，我也能看到她浓妆艳抹，样子和那些在机关单位上班的庸俗少妇并无二致。从她的眼神里，我看出她对我的失望，正像我对她一样失望。

偶尔想起过去的她们，想起当年在街上一起闲逛的时光、在卡拉OK厅的昏暗中的亲吻抚摸，心里可能还会热那么一下，但这热也很快就冷却了，尤其看到现在的她们，就觉得过去的影子像越来越薄、越来越脆硬的纸片。在我的幻想里，最经常出现的反而是那个我从未碰过的女孩儿，就是那个我在下雪天的校门口遇见的、坐在我前排的女孩儿。她在我心里藏得那么深、盘旋得那么久，我已经以无数种方式脱过她的衣服，在形形色色的古怪地方、以各种各样的方式和她睡过，以至于我觉得我们之间已经建立了一种深得可怕的关系……尽管初中毕业以后，我就再也没有见过她。

我开得很慢。乡镇小柏油路上也没什么车，灰尘倒很大，不时有鸡啊狗啊贴着路边跑或是横穿马路……马路两边是细高的绿杨，后面是一马平川的田野，田野上的某处是忽隐忽现的、仿佛总被笼罩在淡淡的烟雾中的村庄——典型的中原乡村的景色，可能几千年来都是这样。只是日光强烈的时候，这片大地看起来明亮、干燥，阴天或雨天则更美些，腾起一层淡绿色的烟雾，仿佛水彩画。它一直就是这样，一片没有任何奇观的平原，它的美平铺直叙得让人忧伤，像是生活本身：平铺直叙、令人窒息，又无穷无尽。

当我的车开进乱哄哄的县城，在我最熟悉的杂乱街道上缓慢行驶，原野带给我的那种无端的忧伤、窒息感缓解了一点儿。当一个人仿佛悬浮着，当你漂在无论是语言、幻想还是现实喧闹、惯性的浮沫上，即使你下面是生活的整个深渊，那种载浮载沉、置身事外的感觉也能让你多多少少感到解脱。我想，他煞有介事地给我讲了一个死者的事，讲得仿佛她是个活着的人，而我呢，我给他讲的故事则完全是虚构。我们两清了。

2020年11月20日

对峙

1

什么都看不见、人又警觉着的时候，声音似乎变成了某种有形的东西。漆黑中，有的声音刺耳、尖厉，带着仿佛能刮伤人的感官的棱角，有的声音像圆形震波，逐渐放大、扩散，溶解在沉沉的黑暗里。每隔一段时间，探照灯的强光会扫过房子。当强光突然打过来、眼睛还未来得及闭上的一瞬间，你能在炫目的白光里蓦地看见点儿什么：一片墙壁，被照到的某个物体的表面——桌子、水瓶、椅背……强光里，人其实比在漆黑中还瞎，因为你看不到任何完整的形状，连物体在黑暗中那个黑乎乎的轮廓都看不到。

我没想到会走到这一步。我一开始到这民房里来，不过是想弄点儿吃的。我兜里有钱，但不能去买东西，路上、商店里，到处都是摄像头。我走的是荒郊野外的路，走到这里时，实在饿坏了。这一带是郊区，路两边有荒地，有小片的树林和被分割成块状的田地，一些样式简陋的民房七零八落地散布其中。我看到这个孤零零的泥墙小院儿，里面是两间秃顶平房。我在外面观察了一会儿，除了一个三四岁的小男孩儿在院子里玩石子儿，只看见一个不时出来招呼他一声的女人。院门是两扇粗糙的木板门。我一推，竟然开了。坐在地上的小孩儿看见我惊奇地站起来，喊了声“妈妈”。那女人走出来，立即走到小孩儿身边，手扶住他的肩膀，有点儿警惕地看着我。我对她说我迷路了，想找点儿吃的，我可以掏钱买。她往周围瞅瞅，仿佛想找个什么人，但我立即断定其实不存在这个人。我说我没有恶意，只是想买点儿吃的喝的。她抱起那孩子往屋里走，说让我在外面等会儿，她这就进屋给我拿东西。

我跟过去，她出乎意料地加快脚步，试图把我关在门外。“别耍滑！”我顶着门挤进屋。小男孩儿手里抓的石子儿掉了一粒，他本能地感觉到了什么，眼里露出了惊恐。我并不想吓着他，我冷冷地对那个惊呆的母亲说：“我没有恶意，但你不能关门。”

“为什么？我给你东西不就行了？”她故作镇定地问。

“我不想被关在外面。”我说，手插进放枪的那个裤袋里。

她往下盯着我的手插进去的地方，我猜她看到了枪的形状。她本来是个黄瘦的女人，现在脸色煞白。但她没惊叫，也没有错乱，看起来甚至像是面无表情，只是把孩子抱得更紧了。

“快去拿点吃的。”我命令她说。

她抱着孩子转身往厨房去，看得出她的腿在发抖。这时候，那孩子“哇”地哭起来。

“他是谁？是谁？”小孩儿边哭边问，腔调甚至有点儿愤怒。

“没事儿，乖，没事儿，一位叔叔。他想吃点儿东西。”

她给我拿了两袋方便面和一瓶矿泉水。

“你拿走吧。够吗？”她铁着脸问。

这时，我看到她脖子上戴着一块小小的玉雕佛像，没有链子，系着绿线。我想：还是个信佛的。信佛有屁用！

我坐下来，扫视了一圈。房子的墙壁草草抹着白灰泥，屋里家具简单，但收拾得很干净，就是有女人家操持的家的样子。这种地方让人想坐下歇会儿，吃口热乎饭。

“家里有别人吗？”我问她。

“有，我男人在县里上班，一会儿就回来了。”她说。

“爸爸不是在广州打工吗？”那男孩儿瞅着她的脸不解地问。

她绝望地看了一眼孩子，不再说话。

我冷笑一声说：“真有意思。去，把方便面煮好，有鸡蛋吗？打两个鸡蛋。”

“有。”她顺从地说，抱着孩子走了。她有个小煤气灶，烧的是笨重的老式煤气罐。她拧开煤气灶，拿个小锅添上水，放在灶上……这一切她用一只手干。

“你不用一直抱着他，我不会怎么着他的。”我说。

“谁知道？”她干涩地说。

“如果我想怎么他，你抱着他也没用。”我说着，把枪掏出来，放在桌子上。它寂静无声地躺在那儿，乌黑冷酷、神秘莫测。我不怕她来抢，枪上了保险。

她还是不忍心放下那孩子，用右手颤巍巍地把面端到我面前——上面躺着两个荷包蛋。倒是那孩子被抱得厌烦了，挣着下来，把他的石子儿摆在桌上。

“你那个东西……不会伤着孩子吧？”她小心地说。

“不会。”我说，但过一会儿还是把枪收起来了。几乎两天没闻过饭味儿，我立即埋头大吃起来。突然，我意识到她正抱着孩子往一处挂着布帘的地方走。我叫住她，让她回来。

“你吃饭呢……我以为没事儿了。”她支支吾吾地说。

“坐在这儿，”我说，示意她坐到那张沙发上，“手机给我。”

“我不会打电话的。”

“手机给我！”我朝她伸出手。

她把手机递给我——一部老旧的杂牌子手机。

我关了机，把它装进裤兜，继续吃她煮的面，觉得这是我吃过的最好吃的一碗面。

2

我不知道警察是怎么得到消息的，但命运似乎要我为一碗热汤面付出代价。吃过面，我给了她一百块钱，让她给我找身儿她男人的破衣服，把她拿出来的水、两包方便面和一包蛋黄派塞进我那个帆布包里，打算趁着天落黑再出发。当我听到警笛呼啸而来的声音时，我知道我在这安逸的小屋里拖延太久了，我是找死。同时，听到我最熟悉的声音，我又有点儿恍惚，荒唐地想到这次它是来抓我的。我发现自己被动地陷入这么一个状况：我没有任何对付这种情况的计划，但我现在还不想死……

就这样，这对陌生的母子被卷进我的事端。一开始，他们被那阵势吓蒙了：尖啸的警笛、戴着黑帽子的荷枪实弹的特警、朝我喊话的扩音器……秃顶的矮房子被可怕的噪声震得发抖，像那个哆哆嗦嗦又极力想稳住自己的母亲。那些人想靠近房子，缩小包围圈。我说没办法了，叫她配合一下。我从布帘上撕下一根布条绑住她的手。一开始，那孩子靠着她，仰着头愣愣地看着。“乖，不要怕，这是玩游戏呢。”她对他说。“妈妈……解开，解开！”小孩儿突然感觉到什么，哭喊着掰她的手、扯那布条。我急了，推了他一把。男孩儿跌坐在地上，号啕大哭。“做游戏呢，就一会儿！”我对他吼道。我推搡着那女人到了门口，枪口对着她右边的太阳穴，告诉外面的警察再往前来我就杀了她。那几个人站住了，原地不动。就在这时，那小孩儿哭着上来抱住他妈妈的腿。现在，外面的人清清楚楚地看到我的人质——一个年轻女人和一个三四岁的小孩儿。有人喊了一声，那些人开始后退，退到矮墙那儿。一刹那，我看见他们身后的整个背景：堆满天空的灰黑色的云，半人高的泥墙，泥墙后一块块田野、荒地和破败的屋舍……我扫到两三个熟面孔，是我们局的人，其中有老刘，我的老搭档。但大部分是陌生人，应该是这地方的警察。几个穿特警服的人戴着面罩，只露出一双冷漠的眼睛，一个个像钢铁铸成的假人。

我把这一大一小拖回屋里，命令她控制好孩子，老实坐在沙发上。有一阵子，她和孩子都在哭叫。她的哭叫里夹杂着骂人的话。“我不是骂你。”她边哭骂着边对我解释。我猜她大概处在崩溃的边缘，口不择言。小孩儿的害怕是因为不了解发生了什么事儿，大人的害怕才是真的入骨入肉的怕。我解开了她手上的布条，对她说：“我不绑你，你好好看住你崽子。老实点儿，子弹不长眼。”她立即把趴在她腿上哭泣的男孩儿搂进怀里，一双发红的眼睛瞪着我。她眼里的仇恨让我想到，如果不是担心我手里有枪伤到孩子，她一定会扑上来抓我、咬我，和我拼命。

后来，她慢慢从半疯的状态让自己镇静下来，开始安慰那孩子。“畜生！”我听见从她的牙齿缝隙发出的咒骂。我假装没听见，想起刚才把那孩子推倒，我心里很不舒服，但我当时也没有别的办法。我想，我和她素不相识，我在她家里歇脚，还吃了一碗她给我煮的面，怎么就到了这种局面？不知道她是不是捕捉到我这一闪念，突然扑上来抱住我的膝盖，哀求起来：“求求你，求求你，把孩子放了吧。我留下当人质，我一定不逃跑……”

“你干什么？”我想把她推开，但她死死抱住我的小腿，“呜呜”哭着。那孩子本来已经被哄住了，看见妈妈哭，过来又拽着她的胳膊大哭起来。

我气急败坏地喊："别哭了！不许哭……再乱动我就开枪了。你就带着孩子待在这儿，谁都不能走。"

"为什么？为什么不能放了孩子？"她仰起一张湿淋淋的瘦黄脸，脸上又是愤怒又是哀求。

"不能就是不能。"我说。

她抬手抹一把泪，脸冷下来，好像她倏忽间明白了哀求、哭泣都没有用。她的牙齿缝里又在挤出那种气音。

"我不是畜生。只要你不耍花招，我不会伤害小孩儿，明白吗？"我说。

但我并不放心外面那群人。我对她说："我能保证我，可不能保证外面的人不乱开枪。"

她说："外面的人？外面的人是警察。"

"我也是警察。"我嘲讽地说。

她从喊话里当然已经知道我是警察，但脸上露出极度鄙夷的表情："你也算个警察？"

她那样子让我真想狠狠给她一巴掌，要不是看她抱着那孩子。

"你他妈懂屁的警察，我懂！"我说。我知道外面的人随时都可能失去耐心，乱战中误伤他人是常有的事儿。

如果最后人质被伤害，那笔账都可以算到我的头上（既然我那时很可能已经是一具尸体了）。

她不再理睬我，摇着孩子，俯视着他。我想，别看她其貌不扬，又黑又瘦，倒是个有胆子的女人，换成我那个贱货，早吓成一摊烂泥了。我想了想，还是心慌。万一他们硬攻呢？难道我还真拿她或那孩子挡枪？我自己的手机早扔了。我想到她的手机在我兜里。我掏出手机，让她打开、输密码。然后，我拨了老刘的电话。他还是叫我“哥”，急促地问：“哥，你想怎么谈？有啥条件？说吧。”我说：“你跟他们说，我就需要点儿时间，想清楚些事儿。别喊话了，没用。就这一夜，我明天一早就给你们个交代。让他们别乱来，乱来会死人。我反正杀过人了，不怕杀第二个。”他沉默了一会儿，哑着嗓子说：“好，我信你。哥……你可别再干傻事儿！”我苦笑了声，把电话挂了。我把手机关了放回去。过了一会儿，外面总算安静了，不再徒劳地、背书般地喊话，但强光开始间歇性地扫过房子。

3

和强光相比，黑暗更让人舒服一点儿。我僵直地坐在母子俩对面的一个矮椅子上，黑暗中可以闭会儿眼睛，但半分钟也不敢睡。有一阵子，我精疲力竭地和睡过去的欲望做斗争。那欲望像一片温暖、漆黑的水域，缓缓摇荡着我的身体、漫过我的脖颈。它是股吸力，柔软、虚空，却极为强大。有时我想不如就倒头睡个好觉，最好是在睡着的时候就被某个头戴钢盔、急于立功的年轻人给干掉。但这种可能性几乎是零，最大的可能是我醒过来，发现自己像狗一样被结结实实地捆绑起来，不能动弹，别无选择。然后，我会戴着手铐、穿着丑陋的囚服被另一个警察（职位比我低得多的警察）呼喝着带进带出，在法庭上示众，倾听着或是自己讲述着那些屈辱的细节，看着自己伤痛欲绝、泪水涟涟的老父老母……

她横抱着孩子一动不动地坐在沙发一角，像尊黑色的半身石像。无论受多大惊吓，那孩子还是睡着了。她在他脸上盖了件衬衫遮光。在纯粹的寂静里，男孩儿幼弱的呼吸声被放大了，气息里散发着一丝腥甜味。

“你一直抱着他不累吗？”我说。

她不理我，执拗地继续抱着他。又过一会儿，或许是她那双瘦胳膊真撑不住了，她很轻地把男孩儿放在沙发上，自己从沙发上滑下来，就坐在地上。这样，她的头刚好和那平躺的小身体处于相同高度，她的双臂刚好处在可以环抱着他的位置。

她在地上坐着，就像睡着了一样。过了好一会儿，我突然听见她问我：“你有孩子吗？”

“有。”我说。

“男孩儿？”

“嗯，刚过了十一岁。”我突然想到，现在不是和“人质”聊天的时候，不应该和她产生半点儿情感上的关联。

“其实只要不和警察对着干，你自己也是警察，他们肯定会宽大处理的。”她试图劝说我。

我没吭声。

“要是想想孩子……”

“别说了。该怎么做我比你清楚！”我阴沉地打断她。可我知道我一点儿也不清楚，他们突然来了，我还不打算死，就只能这样耗下去，苟延残喘。

有一会儿，我觉得我看到了凡凡——我儿子，惊觉他怎么变得那么小！他是三四岁时的样子，滑稽地戴着我的警帽，警帽又光又硬的大檐儿完全遮盖住了他的小脸儿。他什么也看不见，瞎摸着走来走去，兴奋地在原地转起圈儿，叫我，发出咯咯的笑声。我突然想到，我就是在过去啊，我回到了那时候，我也几乎笑起来……我猛地醒过来，意识到我刚才似乎睡过去了一会儿。我赶紧去摸口袋里的枪——还在。但我眼前没了人影，某种模糊的声音从我背后传来。我蓦地掏出枪，转身瞄准那个黑暗中的影子。

“站那儿别动！”我喝道。

“给孩子把尿呢。”她说，站住了。

“别动！”我说着，朝那黑影摸过去，用枪紧紧顶住她的后脑勺儿，“我说过别耍滑！”

“就是给孩子把把尿。”她压低抖得厉害的声音。

“我跟你去。”我说。

到了厕所那儿，我让她进去。那孩子确实尿了一泡，还哼哼唧唧地说着梦话。

回到沙发那儿，我才把枪收回去。我对她说：“以后不管干什么必须给我说一声，下次我要以为你他妈想逃跑，就直接给你一枪。”

我仿佛听见她冷笑了一声说：“我一个女人拖着三四岁的娃娃怎么跑？我自己你要杀要剐我都不怕，孩子在，我不会跑。”

“明白就行。”我说。

寂静中，我倾听着那孩子的呼吸声。我儿子小时候和我睡一个床，也是发出这种微风般的鼻息。从他半岁断奶以后，只要我在家，他就跟我睡，因为她说她夜里睡觉清醒，小孩儿动一动她就醒了，再也睡不着。到了儿子五岁那年，我知道不得不分床了。孩子闹腾了两三夜，而我心里其实比他更难受、失落。我习惯了那种亲密——一个温暖的小人儿睡在身边，有时会在梦中笑一声，有时又不知梦到了什么咧着嘴干哭起来……我想起刚才那个温暖、幸福的梦，它其实就是当时的生活，但当时你并不知道它像美梦一样好。

没有光，不知道时间，我猜已过了午夜。在这个陌生的房子里、对着陌生人的影子，我感到极度孤独。我知道和我相对的其实是死亡——那最终的孤独。干我们这行的经常和死亡擦身而过，当你听到谁又被判了死刑、谁明天就会被枪毙，也不过是觉得有点儿不舒服，就像心里掠过一阵寒意。我从没有细想过他人的死亡，或者说死亡的过程，我从未试图去想一个知道自己将死的人如何度过死亡的前夜……我也想到过自己的死亡，但那是医院里的死亡、躺在病床上的死亡：洁白的被子、透明的输液管、衰老的躯体、往事的追忆、亲人的道别……那和我现在感受到的东西完全不同。现在，死就在离我很近的地方窥伺、徘徊。我一个不小心它就会扑过来。任何一个狙击手——那些和你无冤无仇的陌生人，都可能随时把子弹打进你脑袋里、身体里。

听着那孩子的呼吸声，我感到那么喜爱又那么嫉妒他。他代表着生命所能有的一切。

4

我沦落到这个地步，因为我杀了个狗杂种。我现在后悔杀了他，他不值得我这么干。但亲眼看到那情景，我就不可能不给他一枪。那天，直到我从前台查到他们开的房间号、拿到房卡时，我都没打算杀他，我只是碰巧身上带着枪。命运的拐角就在我打开房门的那一刹那，就存在于我看见的那一幕里：她在上面，全身赤裸地骑在那狗杂种身上。我看到的只是她，像一团刺眼的白光。她身上什么都没有，除了两个突出的乳房，还有她大概因为急着偷情而顾不上取下的项链：我们结婚时我给她买的项链，坠子是我们一起去求的那个小金佛。她一直信佛，我也跟着她信了佛。

我把这一切看得清清楚楚：她的神情、她的姿势、她放荡而散乱的头发。然后，白光消失了，她瘫下去。那个狗杂种惊愕地坐起来，他那猥琐又惊恐的样子令人作呕。我大概就是这时候掏出了枪。我听见她在喊我，我没看她，我实在不忍心看她那副模样。他也在叫喊，我想让他那不堪入耳的叫声立即消失。我朝他开了两枪，打在他光溜溜的胸口。我看见她抱着一团衣服瘫在地上，我看到她光裸的背和压扁的臀部。血开始在床上流淌、晕染，像长触角的样子古怪、在疯狂膨胀的爬虫。她打摆子一样不住地抖，像条受惊的狗一样发出“呜呜咽咽”的声音。

我想，这就是命运。命运就是我本可以不去跟踪、不去看，我本可以随他们滚蛋，我还有我的凡凡、我的父母，我们还能很好地过下去。但我还是去了、看见了，而当你看见了，一切就不在你的掌控中了。

这一夜我是没法睡了，明天以后有的是时间睡。剩下的时间……我看到那个歪坐在水泥地上的黑影，瘦小、模糊，我想，她大概是最后一个我可以聊聊的人。但我知道我们不可能真的聊，你和怕你的人没法聊，她只会想办法保全自己和孩子，她的话只会是给你下套。留给我做伴的只有死亡和关于死亡的想象，譬如死的方式——子弹穿过头颅的方式。死的痛苦不知道究竟多强烈，也不知道会持续多久。有人说一二十秒，有人说一分钟，当然，这都是在打击准确的情况下。我以前追捕犯罪分子，也开枪打过人，打过人的腿、人的肩膀，但我从没试图打人的头，我不想夺人性命……我想着过去处理伤口，或是被针管插入血管抽血的时候，那种你知道接下来只能忍受痛苦的时候，你闭眼皱眉，打算顶过去。但死的痛苦究竟会是怎样，像烈火焚身？像万箭穿身？像一个伤口被疯狂地撕裂、撕下去？没有一个活着的人会知道那是什么滋味，知道的人没一个能活下来。

我此时感到的几乎是一种肉体痛苦。我的肌肉因恐惧而收缩，心脏像要爆裂，喉咙冒烟，嘴巴又干又臭，似乎“死”也从我嘴巴里散发出它的气味——类似上火的、满嘴溃烂的嘴巴发出的气味：火辣辣的恶臭，一股从胸腔、腹部深处冲出来的腐烂气息。我又看看她。在黑暗中，她的身子动了一下。我闻见她身上散发出来的淡淡的汗味儿。几乎没有任何过渡，欲望汹涌而至。我抓住她的胳膊，把她往我跟前拉。

“干什么？你干什么？”她低声喊着。

“你过来，过来……”我喘着气说。

我们无声无息却又用尽力气地相互拉扯。她瘦得一把骨头，力气倒很大。但她毕竟是个女人，我还是把她压到了身子底下。

她还在挣扎，语无伦次地抗议、哀求。

“装什么装？老实点儿！”我按住她往上挥着的一只手。忽然，我脸上火辣辣地一阵灼痛，被她的另一只手抓了一把。我狠狠给了她一下子，打在她的脖子和锁骨那儿。“别他妈装正经，”我愤怒地说，“你男人不在家，你巴不得被别人干，女人都他妈贱！”

“妈妈！”男孩儿突然叫了一声，翻个身，一只胳膊碰到我的肩膀。可能以为是他妈妈的身体，那只小手在我肩膀上轻轻抓搔、摸索了一会儿，最后垂下去、搭在沙发边沿。他又睡着了，或者他根本就没有醒，只是在梦里叫“妈妈”。

我愣住了，她也不动弹。我们在黑暗中屏声敛气。过一会儿，她沙哑着嗓子低声说：“去别的地方吧，别在这儿，别吓着孩子……”

她的声音听起来很平静，平静得让我不知说什么。

她让去厕所，我木然地跟着她。后来，我的腰撞到了什么，我意识到是那张小饭桌，我在那里吃过这女人给我煮的一碗面。我停下，手摸索着想确定桌面往前延伸的位置，突然触碰到一些凉而硬的东西。我吓了一跳，过后想起来是那孩子玩的石子儿。我随手把石子儿装进裤兜里。我看着前面走的那个单薄的黑影，听见她的啜泣……进到厕所里面，那个又黑又小的匣子里只够站两个人，到处是冰凉、潮腻的瓷片。我突然想小便，然后，那东西软了，那阵发狂般的欲望像是突然过去了。我觉得我刚才就像撞了鬼、着了魔，做了件非常无耻的事。

“算了。我也没什么兴趣。”我说。

她还在哭。

“对不起。”我不情愿地说。我是个警察，不服软惯了，说出这三个字对我来说很困难。

我自己摸索着走回去。她没有跟过来，大概跟在我后面走也让她感到厌恶吧。我心情混乱、沮丧到极点，不知道自己怎么会到了这个地步，像个无赖一样试图强奸一个女人，还打了她。三天前我还是个警察。我不止一次立过功，遇到任务我肯定是往前冲的那个。上面的人不喜欢我，因为我不讨好他们，但刑侦大队里人人尊敬我，知道我是什么样的人。我和犯人搏斗挨过刀子，追捕逃犯心一横跳过绿皮车……我不假思索地干过好事儿，就像我不假思索地杀了人、侮辱了这女人。难道就是因为怕死？因为怕死而变成了心里荒芜、无是无非的混蛋？眼前伸手伸脚睡着的孩子让我想到我那个喜欢扮演警察的小男孩儿，他戴上大檐帽的神气、他别在腰里的水枪……他骄傲父亲是个警察。为了他，我也应该永远是个警察，他记忆里的父亲只能是个警察。

她坐回到沙发上，不再哭了。小孩儿翻身儿、蹬腿，她用手轻拍着他，嘴里发出些含混不清的声音。我看了一眼拉得严严实实的窗帘，似乎感觉到从那里透过一点儿微弱的光。这么说，就快黎明了，天就要破晓了？

“我不是坏人。”过一会儿，我对她说。

“你也算个人？”她说。

5

有一会儿，我觉得听到了什么声音，一种“沙沙”“窸窸窣窣”的声音。起初，我以为是幻觉，但后来惊觉起来。这声音贴在墙壁那儿，微弱地响几下、停住，然后继续贴着墙移动，直到完全沉寂、停在某个地方。我大概明白是怎么一回事儿了。

“等会儿你捂住孩子的耳朵，捂得越严越好。”我凑近她低声说，

“为什么？”

“要放鞭炮。”我说。

她惊骇地问：“什么鞭炮？”

“不明白的事儿就不要问。”我说，“照我说的做就

对了。”

很快，我对着窗户右下角墙上的某个点打了一枪。我听见她惊呼一声，身子扑到孩子身上。外面的动静更大，一阵骚动、嚷叫，还有奔跑的声音……

我拿出她的手机，让她开机，给老刘打电话。

“哥……”他立即接了，声音因为激动而有点儿发颤。

“叫他们别想鬼点子！这次我是故意打偏的，下次我不会了。”

他那边沉默。我知道两地协同办案，不是他说了算。

“我说过天亮了会和你们谈。”

“我一直这么说的，但这边的人……不听。”老刘像是从牙缝里挤出来这些字。

“他们明天早上要把大伯接过来。”他又说。

我火了：“告诉那指挥的，如果敢惊动我爸，我铁定杀人。”

电话被转到另一个手里，那个人厉声叫着我的名字，让我现在就出去自首，还可以指望宽大处理。

“你就是指挥的？”我轻蔑地说，“等不及了？急着表现、立功？”

“你刚才是袭警！袭警！”他吓唬我。

“我要是想袭警，那人早就没命了。你要是不耐心，你的手下、人质都有事儿。你想牺牲几个人给我陪葬？全市的人都看着你这次行动吧？”

电话那边沉默了半晌。

“你想怎么样？”他问我，不那么咄咄逼人了。

“我不想怎么样，就想要点儿时间。别逼我。我说过天亮后和你们谈，我说到做到。我是老警察，懂规矩的。但你们绝不能去找我爸，听见了吗？不要去骚扰我家里人！否则我就不管什么规矩了。”

“人质安全吗？”他又问。

“到目前为止很安全，以后安不安全看你。”

打完电话，我才发现那孩子醒了，在哭闹。她抱着他，一看到我，突然愤恨地说：“要杀就杀我，对小孩儿下手不是人！”

我明白她把我电话里说的话当真了。

“我没见过你这么笨的女人，我不会害你们娘儿俩，我只是电话里说说，他们刚才想从窗户那儿扔东西进来。”

“你还要怎么害我们？已经把我们害成这样！”她失

控地喊起来。她这么一喊，孩子哭得更厉害了。

“别吓着孩子了。”我说。除此之外，我无话可说。

“尿尿，尿尿……”男孩儿叫起来。

她抱着他去了厕所，这次，我没有跟着她。我转头看看窗户那儿，那里仍是一片黑暗，但那漆黑似乎被稀释了，掺杂了更多灰白的微光。我从沙发底下拉出我的帆布包，在内口袋里，我摸到一沓钱，还有折起来的纸片。我想，提前写几句话没错，你永远不知道事情是不是来得太急、有没有给你留点儿时间写几句话。她抱着孩子回来坐下后，又开始发出那种含混不清的声音要哄他入睡。渐渐地，我发现我竟然能看到她的五官了，尽管仍然模糊不清，像是隔着烟雾。我想，天要破晓了，没多少时间了！男孩儿仍在“嘤嘤”低泣。我心里很乱，也想哭，我也想叫“妈妈”，因为我心里委屈、害怕。我倦意全消，因为心脏持续狂跳而有种想呕吐的晕眩感。我一时觉得将要发生的事将会被拖延甚至突然改变，就像电影里通常出现的情况：剧情反转、节外生枝……但下一秒，我又万念俱灰，明白这世界上没什么奇迹。我双手紧紧攥住裤子口袋里的东西，好像那里存在着什么至关重要的机关。后来，我意识到我紧紧攥住的是男孩儿的三粒小石子儿。我把它们拿出来还给那男孩儿。

“你要干什么？”那女人呵斥我，猛转过身，身体挡在我的手和男孩儿之间。

我尴尬万分。我对男孩儿说：“你的小石头，你要玩小石头吗？”

男孩儿睁大眼睛警惕地看着我，突然，他飞快地从我手里拿走了两粒小石头。他的小手碰到我的掌心，那触觉柔软、湿润，像是浓缩了活着的所有美好的触觉：被母亲摸着额头感觉温度的触觉、抱着那小婴儿的感觉、无意间碰触到喜欢的女人的衣裳和发丝……这些模糊的感觉混杂、交织在一起，形成了一股强劲而美妙的电流，流遍我全身。

“还有一个。”我对那孩子说，把最后一粒石子儿给了他。

6

那孩子终于又被哄睡了。现在，在暗灰色的、雾蒙蒙的光里，我能看见她的眼神。她似乎不怎么怕了，当她的眼睛垂向睡着的孩子时，那眼神温柔、有点儿发愁，而当它转向我时，就立即变硬了，像是液态的东西突然冻结了。早晨已经到来，一个阴沉、没有日出和明媚晨光的早晨。外面安静得可疑，灯光早已停止了扫射，各种声音也消失了。似乎折腾了一晚上，一切（包括围猎的猎人们）终于都安睡了。

我的手摸住那沓钱，因怕被拒绝而犹豫了一会儿。

“给你。”我说，还是拿出了那沓钱。

“干什么？”她看看我手里的东西，冷淡地问。

“我带在身上的钱，跑路用的，现在也没用了。”

“你在监狱里用啊。”

“监狱里用不着钱。”

她叹了口气，冷酷无情地说：“既然你要自首，为什么还要折磨我们一晚上？”

我伸出去的手稍微缩回来一点儿。

“可能……刚想明白。”我嘲弄地说。

我盯着手里那沓钱，她不去接它，它羞耻地悬在空气中，好像它有罪。

“你到底要不要？”我说。

“不要，不要你的钱。”

我看着她，她恨恨地和我对视。我把钱摔到地上，它们撒了一地。

她只是瞥了一眼地上的钞票，又去查看那孩子。

“不管你多恨我，你大不了想让我死，我很快就会死，我们就两清了。”我说。

“我倒不至于恨你恨得想让你死，他们也不会判你死刑，警察都护着警察。”她眼也不抬地说。

我想，她什么都不明白。女人，就算好的女人，也只懂得护犊子。不过，话说回来，她们为了护犊子什么都肯干。男人不一样，男人想的多半是自己，自己的荣誉，自己的受辱……要是你问女人，她们会说这不值得那不值得，但人不是斤斤两两地算计着活或者死。

天亮了，如今它更近了，那冰冷的脸几乎贴到我的脸上，反倒不再像夜里那么煎熬了。

“天亮了。”我说着，烦躁地站起来，“走吧，抱上你的娃。”

她抬起眼，不信任似的看着我。

“要走赶快走，趁我还没变卦。出去告诉他们，我随后就出去……自首。”

她明白过来，立即抱起孩子。

“把这封信交给老刘，他是我兄弟。”我把那对折了三次的两张纸交给她。

她有点儿狐疑地看了我一眼，然后“嗯”了声，把信装进上衣口袋，径直往门口走去。

“还有，你收下这些钱吧，给孩子买玩具。”我在她背后低声下气地说，“你收下我会安心点儿。”

她停住，回头看了看我，最终却什么都没说。经受了一夜的折磨，那双眼眼圈青黑、布满血丝。尽管如此，我注意到那双眼窝很深的眼睛是她最好看的地方。

她一只手抱着脑袋耷拉在她肩膀上的孩子，另一只手拉开了门。光从门里泄进来，仍然是阴天里的灰色光线，像一层蒙蒙的雾气，弥漫到房间里。我留意她是否会再回头看我一眼，但她在那团光里迅速一闪就消失了。我蹲下身，开始捡那些钞票，注意到自己的手指像风中的树叶一样瑟瑟发抖。外面热闹了一会儿，充斥着虚张声势的喊叫声。我想，那孩子肯定会被吵醒的，突然看到那些人，他会害怕的。真滑稽，而我现在在摆弄这些钱，把它们重新规整成一沓，好像这是个仪式。最后，我把钱压在其中一个沙发垫子下面。

我拖着有点儿不听使唤的腿走到窗户前面。是时候了，是时候了……我对自己说。我费了很大力气拉开窗帘。然后，我迅速而贪婪地看了一眼外面——我行将在其中消失或是行将在我的意识里消失的世界，它突然间静默无声，看起来像块灰绿色的画布，冷漠、破败，却也美得出奇。有一刹那，我脑海里闪过人从窗户里飞出去的那些传说。但我没有变小，没有长出翅膀，没有一朵金色的、魔幻的云飞到窗前把我带走……我只有一把冰冷的、指向自己的手枪。

2020年5月29日

天使

我以为父亲葬礼之后几天，我就能返回波士顿。后来发生了一些事，我不得不修改返程机票，把返程日期改为不定期。

这个小地方也早已不允许土葬了。有的老一辈亲戚出谋划策，就是在偏僻的乡下找个地方偷偷埋葬，但我和我的姐姐、妹妹一致决定本分地把父亲火葬。在葬礼上，她们俩头上缠着白布条，哭得很厉害。我坚决不愿意缠那块颜色发黄、看起来脏兮兮的具有表演性质的白布条。我也没有大哭出声。大概在别人看来，我这个唯一的儿子冷酷无情。

父亲火葬那天下着雨。不算是大雨，但足以把小城的街道弄得泥泞不堪。我不明白这地方为什么有这么多的土、这么大的灰尘，只要一点儿雨，路上就形成泥水坑。我父亲八十七岁了，他走得很平静。但当他的身体被推进那个焚化炉里的时候，我还是忍不住流泪。他就这样永远地在世间消散了，他的肉身没有了，我再也看不到他的任何有形的部分了，哪怕是尸体……那是一个与自己有血肉联系的人行将消失的可怕的空虚感，一个人往后的生命里永远无法填补的空洞。母亲早在他走之前好几年就走了。所以，我们现在都成了孤儿，无父无母的孤儿。

这次回来，姐姐、妹妹对我的态度和以往不同。我原以为是因为父亲故去带来的打击，后来我发现那其实是一种戒备。葬礼后不久，她们开始谈她们所担心的事情了，那就是父亲留下的那套房子。老父亲是个古怪的人，我们谁都不知道他生前竟写过一封遗书，那是在我母亲去世后不久，他把遗书交给我们的一个表姑秘密保存。他这样做伤透了我姐姐和妹妹的心，因为这表示父亲并不怎么信任她俩，尽管在母亲亡故后，是她俩在轮流照顾他。在这份遗书里，父亲交代了遗产分配，他的存款由我姐姐和妹妹平分，房子则由我负责处理。如果我决定售出房子，那么房款的一半归我，另一半由姐妹俩平分；如我决定不出售，则由我管理。父亲生前大概觉得这份遗书把他的财产分配得很合理，但我姐姐和妹妹却不这样认为。她们说父亲看病尽管有公费医疗，也花了不少他的存款，所以他的存款所剩不多。此外，她们尽管很想委婉地表达但最后还是相当直露地指出，父亲卧病这两三年，我人在美国，只回来过两次，根本没有出力，因此房子出售的一半钱归我是不公平的。我觉得她们俩说得没错，我没有为父亲做什么。在他卧病后，我仅仅是每年回来看望他几天，寄过两次钱，用于给父亲请看护，这都不值一提。我本来是感激她们俩的，但我现在终于理解了她们对我的那种戒备态度，不过是因为父亲的一点儿遗产。

我想，在这样一个充满是非、把蝇头小利看得胜过一切的小地方，她们终究也变得庸俗了。她俩已是一副中年妇女的样子，这倒不完全是年龄或容貌的变化所致，而是她们说话的碎叨、对鸡毛蒜皮的事情表现出的过分热情和大惊小怪，还有神态里那种木然……还应该提提她们俩的丈夫。那一高一矮、一胖一瘦的毫无和谐之处的两个人，在父亲葬礼期间的每个夜里，倒是高度一致地做着同样的事情：兢兢业业地计算着礼钱收入，做清晰的账务分割。当然，他们也没有错，这些人来送礼就是因为他们过去给人家随了礼。最后，一切事情，不管是丧事还是喜事，都主要变成一种运算，关于礼钱的收支是否平衡的运算。

我滞留下来，就是因为那份遗嘱。我需要按照他们的要求去做法律公证，明确表示自己放弃父亲遗书里所给予的房产继承权，接下来又会有一套有关房产权转移的法律手续，可能会需要我本人在文件上签字。而在这个地方，每一份文件都不是容易到手的，一份文件、一个表格，都需要找熟人、托关系才能获取。

我仍然过着日夜颠倒的生活。午夜到凌晨这段时间，我会打开电脑处理一些公司的事，我能得到那边即时的回复，这样竟会让我觉得好一点儿：我还有另一个世界。至少，在夜深人静的时候，我是一个人。我的心终于能从周围这嗡嗡作响的、紧紧捆绑住我的空虚里解脱出来。没有活儿可干的时候，我还能回想一下父亲，想象着古怪的老头儿独自坐在他那栋小单元楼里，戴着他那副老是滑到鼻梁上的、样子朴拙的黑框花镜，在一盏黄光灯泡下面，用钢笔写着那份引起争端的遗嘱。他得不时停下来，想到有关自己死亡的事情，而他不久前刚死了老伴儿。想到他那副样子，我有时忍不住落泪。这个古怪的老头儿，他可能偏爱着自己的儿子而不自知，我们一直在某些地方很像。

有一天，我走在街上，遇见一个高中同学。他惊呼着我的名字跑过来，而我一开始并没有认出他。他做了自我介绍，这才多少唤起了我的一点儿印象。他很惊讶我回老家了竟没有通知老同学。我告诉他我父亲去世了，我是回来奔丧的。他又诧异这么大的事儿，我怎么没有联系老同学去帮忙。我明白他说的“帮忙”是凑人场、送礼钱的意思。他不知道我最怕的就是这个，就是我的姐夫或妹夫会算好账、拿给我一沓钱，告诉我说：这是你的朋友送的礼钱……那就像站在逝者的亡魂旁边数钱。

我们站在街头，他热情地加了我的微信。我以为事情就这样过去了，但到了当天晚上，我发现我被拉进了高中那个班级的同学群。那位热心同学未经我的允许就宣布了我父亲过世的消息，我不得不应对来自我难以回忆起来的不同友人的不同慰问，并且一再强调，葬礼早已过去，大家不需要帮忙。我后悔对人提起父亲去世这件事，怀念死者只能是一件孤独的事，但人们执意要把它变成一场公共的热闹。然后，又有人要策划一次聚会，欢迎我回家。我以心情还未恢复、仍有很多家事要处理推辞了。这样没完没了地说着客气和推脱的话，直到深夜。

而就是在这么一番烦乱后，我收到她的微信加好友的请求。我竟然没有想到她也会在这个群里、会看到有关我的消息！也许我从来都觉得她和别人不一样，仿佛她存在于另一个空间和时间的维度。

我再次见到她的时候，她已经没有那种让人心惊的美丽了。我没有轻慢成熟女性的意思，但这种“惊心动魄”的美，通常是在女人十分年轻的时候才会有，像但丁的贝亚特丽齐、彼特拉克的劳拉，像虚构的亨伯特的洛丽塔……因为这种美必然不是什么复杂的、需要经验去玩味、揣摩的如现今所说的“魅力”这样的东西，而是极纯粹、直接的美，它会一瞬间击中你，让你站在大街中间失神。

当年，我第一次见到她，就是这样的感觉——仿佛被雷电击中，可怕的、从未有过的剧烈震动，一场在内心最幽暗的深处引发的、不可见的爆炸，具有某种颠覆性，似乎一下子把你过去的什么粉碎了。后来，当我听到有人对她妄加评论、竟觉得她不够美的时候，我心里就燃起阴沉的怒火。震动之后是可怕的怅惘，让我在每一个她出现的场合都以各种伪装的方式注意她同时却避免接近她，又让我做了一些傻事，譬如晚上放学之后骑自行车跟踪她，最初是跟踪，之后仿佛是自觉地护送。那时候的人多么羞怯！她知道我在后面送她，而我也知道她知道，但我们自始至终没有停下来说过一句话……而这样的痴迷注定得不到回报。我们唯一一次算得上亲密的接触，就是高中毕业后，班里考上大学的几个人在一个同学家聚会。大家放开了，聊到很晚，女同学们也喝了点儿酒。她大概从没有喝过白酒，坐在沙发的一角，昏昏欲睡，脸红得像桃子。她穿着无袖的长裙，两手交叉环抱着双臂。我本能地理解那是怕冷的姿势。我不知怎么鼓起勇气，在那么多人面前，找到一条毯子搭在她肩膀上，然后在众人的侧目中匆忙走开。那天夜里，我再也没有靠近她、和她说一句话。这就是我和她之间的故事，我的初恋，我年少时笨拙、无望的追求。

那天凌晨，我加上她之后，她没有回应。我想她大概发送加友请求后就睡了。我一直把手机握在手里，后来，我把它放在枕头下面，每隔几分钟就拿出来看一次。如果一个人长久地渴慕过另一个人，而突然得到她的眷顾，他就会明白这样一种焦躁，明白我为什么根本不可能睡觉。我感到我们肯定会见面……我开始想象她现在的样子，尽量把她想得老一点儿，以便我见到她时不会因为现实与记忆中的落差而过于失望。骨子里，我一直是个悲观、保守、谨慎地避免自己受到伤害的人。但无论我怎么试图“改变”她，她仍然还是那个样子，尽管“那个样子”其实已经相当模糊。

我不知道究竟是什么时候睡过去的，但那样的睡眠里也充满混乱的思绪，如同半醒着。第二天醒来，我终于收到她的回复。我们微信聊了一会儿，我才知道她住在另一个更大的城市，距此不远。我的心几乎凉下来。但这时她非常客气地说（我甚至能感到她写这句话时的不安），她碰巧有点儿事需要回老家一趟，她已经坐上火车，一个多小时以后就到。她说：如果你有空，我去看看你。

接下来，我做的事情是收拾房间，把脏衣服全都包起来藏到箱子里，把床铺好，把窗帘拉开，让光线不至于太暗也不至于太亮。然后我洗澡、刮脸、给头发上发胶，用开水反复冲洗茶杯……我定了闹钟，尽量平静地把这些事情做好。但我知道我的手臂在微微发抖，我的双腿一定要走个不停。我就像个发高烧的人，几乎是在精神恍惚的状态下机械性地做这些动作。高铁站离这个小城大约半个小时车程。我发信息说我想去接她，但她拒绝了。她在微信里推翻了最初发给我的那条“碰巧”回家的信息，说她这次回来不想让任何人知道，也不想告诉家里人。我盯着那句话看了很久，很多年前的不可理喻的预感又回来了：我和她早晚会在一起。

她不让我去酒店大堂接她，也许不想让任何人撞见我和她在一起。她站在房门外面的时候还戴着墨镜，但她进来随即把墨镜摘掉了。我这时才发现我之前悲观的想象多么可笑：她脸上并没有明显的皱纹，头发也还是黑的（虽然极有可能染过）。但显然，她和以前不一样了！一个女人开始走向衰老，她不是即刻变得皱皱巴巴，而是那些形状好看的眼睛、眉毛、嘴唇犹存，但那层夺目的光泽没有了，像一朵花干燥了，失去了它难以形容的、魂魄般的润泽。不过，那仅仅是最初的失落，就像往昔的印象猛然撞到了现实。但只要她坐在那儿，只要你们开始说话、悄然观察对方的眼神、接近对方的声息，你又会在她身上慢慢发现过去的那些东西，那些东西一丝一缕地拼凑起来、一点点地发出光亮，每一点光都慢慢地照亮你往昔记忆里的某个部分，而这光亮又因为隔着时光的雾霭往往带给你某种令人心碎的、更为复杂的情绪。总之，你又会一步步地陷入记忆钩织的温柔的、感伤的陷阱。后来的事情证明，就像纳博科夫所写："她会凋零，她会萎谢，但我不在乎。只要看见她，万般柔情仍会涌上心头。"

我们并没有多少生疏感需要克服。她一放下手提包，我就帮她脱去长羽绒服，就像我一直是这么做的，熟门熟路。我满怀怜爱地抱着她的衣服，把它挂在衣柜里。然后我立即拿出一双新的一次性拖鞋，跪在那儿帮她脱掉她的黑色高跟皮靴，让她可以穿着拖鞋、舒舒服服地坐在靠窗的那把圈椅里。而她也没有生疏的样子，当我做这些事的时候，她只是微笑地看着我。她笑得有一点儿羞涩，又有一点儿意味深长。最后，她说："你也坐下来歇歇吧。"我才意识到我此刻是站在她面前的，像个垂手侍立的仆人。

我在她斜对面那张沙发上坐下来。我们彼此看看，又转开头看着窗外灰蒙蒙的街景。我的房间在十一楼。还好，落地窗对面并没有高度等同的建筑，因此，没有人会在我们对面或斜对面，得以从某个角度窥视我们。在这个小地方，十一楼就是俯瞰其他一切的高度了。从我们的窗户里只会看到不远处那些五六层的楼房以及一些更低矮的建筑的参差的房顶，那些裸露的水泥楼顶邋遢、粗陋。往高处看是被称为“天空”的一片浑浊的灰色，没有一丝缝隙，没有一片云。

我们谈到我在美国的生活，其实也没什么可说。她问我是否可以看看我妻子和儿子的照片。我从手机里存的图片夹里翻找出来几张给她看。

她说：“很多人会把家庭照或夫妻照当手机壁纸。”

我暗自惊讶她竟会注意到这个，要知道我挺讨厌那些秀恩爱的男人。这当然可以理解为我的酸葡萄心理，我也没有恩爱可秀。但我还是忍不住怀疑那些和我一样结婚将近二十年的人在秀恩爱时是否真诚，毕竟“姿态”都是我讨厌的。

我说："我过去会把我儿子的照片设成封面。但他已经长大了，我确定他并不喜欢我这么做。"

"他几岁？"

"快十三岁了。"

"还那么小！我女儿过了年就要准备高考了。"她说。接着她给我看她女儿的照片。那个长脸、眼睛细小的女孩儿，一点儿也不像当年的她。但在父母眼里，孩子都是英俊、漂亮的。所以我夸奖了她女儿，就像她刚才夸奖了我儿子一样。

"那你结婚很早。"我说。

"你不知道吗？在小地方，一上班就会被家里人催着结婚。我大学毕业后第三年就结婚了。现在想想，我毕业后根本不应该回来。如果知道过成现在这样，我无论怎么都会留在杭州。"

"现在这样？"我问，希望她多说说她的生活。

她笑笑，不打算回答我的问题。

我问到她的工作。她说她大学毕业后在市地税局工作，但早已经不上班了。她丈夫开了一个家具厂，一开始她在厂里当会计，但现在业务多了，雇了别的人，她就待在家。

“从你进来，我就知道你过得不错。你看起来气色很好。”我说，试图把话题再次引到她的家庭生活上。我想知道她的丈夫是个怎么样的人，当然，我希望，或者说我已经把他想象成一个庸俗的小财主，根本配不上她。

“是因为我提的那个包吗？”她问我。

“一部分是。”我说。我的确注意到了她那个带着闪亮金属标志的香奈儿皮包。

“还是因为我的化妆、衣着？”她继续追问。

“是整个人的感觉，感觉生活优越，是个阔太太的样子。”我带着开玩笑的语气。

“阔太太？”她睁大眼睛，然后懒懒地摇摇头，“零花钱还有一点儿，但我一点儿也不喜欢当什么阔太太。我还是喜欢过去，没有什么钱，但心里干净。上学那会儿真好。”

我看着她，她看上去平静，甚至有点儿淡漠。我想，她到这儿来找我，大概就是因为这种怀旧的心情，因为随着时光流逝、世事纷扰，她意识到“上学那会儿真好”。但上学那会儿真的好吗？那为什么我不得不痛苦地按捺我的爱情，不得不沉默？好的只是过后想起来的那种青春的感觉，在当时，很多东西却是自己无法控制的。如果我是在另外的时候遇到她、那么热烈地爱她，我或许就知道该如何得到她。

水开了，我起身冲了一杯奶茶（酒店配备的唯一饮料）拿给她。她穿着质地轻柔的毛衫，青色，高领，黑色的紧身裤，及肩的长发尾部烫着柔软发卷。她和那时候不一样了，那时她那么清纯，让人看了想为她自杀；现在她成熟，散发着女人的香味，一股暖烘烘的世俗的气息……而无论怎样，她还是那么让我着迷。我整个身体是紧绷的，我知道我看起来既愚蠢又僵硬。而她悠闲地坐着，等着我为她服务，像我的主人。的确，她曾经是、现在又成了我的欲念的主人。

接下来，我们说到我父亲的去世。我毫无保留地把我的烦恼告诉她。除了她，在这个地方，我还能和谁说这些？

“也不要怪她们。”她指的是我的姐妹，“在这里，人都会变成这样的，百分之九十的人都逃不过。譬如我，你不是说我变成了庸俗的阔太太吗？”

“我不是那个意思。你和那些庸俗的阔太太没有一点儿关系。我只是说……”

“好了，”她温柔地制止了我，“我明白你的意思。”

她说她从群里听说我父亲去世这件事以后，就决定马上来看我，她能想象得到我心里多难过。

“很难过，说不清的感觉……像是童年、很大一部分过去随着他被焚烧了，消散了。”我说。

她这时伸出手，轻轻握了一下我的手。我的眼睛立刻湿了。

我感谢她，说她能来我觉得特别温暖。

“你还记得过去我做的傻事吗？”我问她。

“什么傻事？”她问。

“对你做的傻事。”

“记得啊。”她说，低下头喝茶。

我们沉默了一会儿。

“那天晚上，你还给我身上披了一条毛毯。”

“你能记得……我觉得很感激。”我知道这个词并不恰当，但我想不出别的。

“但是毕业以后，你就消失了。”她又说。

“我知道我没有希望。”我承认。

“那时候大概真的没有希望，”她笑笑说，“我那时候一点儿也不想恋爱。”

“我昨天晚上几乎没有睡着。”我说。

“为什么？”

“因为你加了我，我太激动。我完全没有想到会这样和你联系上。”

“对你来说，我还有这样的吸引力？”她调皮地说。

“当然，如果你不来找我，我肯定也会去看你。”

“但是我先加的你。”她强调。

“我没有想到你会在那个群里，你没有用你的名字。如果我知道你在、离我这么近，我就会去找你。”

她放下杯子，踌躇了一下，说：“这几年，我常常想到一个问题，就是如果我当初和你在一起，也许会比现在幸福。我现在很明白了，你是真正爱过我的人，是唯一一个。”

她似乎想对我笑笑，但最后没有笑，只是温和、若有所思地看着我。我像是得到了某种召唤，过去跪在她面前，把脸伏在她的膝盖上。她没有推开我，也没说什么。过一会儿，她的一只手垂下来，温柔地摩挲我的头发。

“我觉得这里太亮了。”她说了一句。

而在那之前，在我的印象里，我们一直待在一个光线昏暗、仿佛烟雾缭绕的空间里。我站起来，打开写字桌和床头的台灯，然后拉上窗帘。昏暗、柔和的光布满房间。在这个极其封闭、狭小、温暖的空间里，摆在我们面前的一切变得清清楚楚。

如果不是某种不可抹去的迹象证明她的确来过，和我共度过大半天的时光，我大概会怀疑她的造访只是我在极其烦闷、寂寞的时候做的一个情色梦。

她非常灵活，善于做爱，这起初让我惊讶，但当我进入那个美丽的深渊、跟上她放纵的节奏时，这又让我痴迷。她的身体已有了最初的松弛迹象，但十分柔软，像质地柔腻的面包，又像熟透的水果。它散发出一种让人堕落的气味，混杂着一丝末日般的腥甜。我们像两个极其饥渴的人那样连续干了两次。后来，她希望我抱着她睡一会儿。她大概用手机定了闹钟，我是在一阵刺耳的、令人惊慌的闹铃声中醒过来的。醒来后，我发觉我睡了这些天来最深沉、最安恬的一觉。她伸出赤裸、圆润的胳膊去关手机闹钟，说她再躺五分钟必须走，但我又像个粗野的无赖一样压到她身上。我们交织在一起，直到时间又过去将近一个小时……这真是让人上瘾，我从来没有想象过我的身体能够应对一个下午性交三次。我和我妻子恋爱时也从未这样疯狂。至于现在，我们一个月也懒得摸对方一下，我们把这解释为身体的自然退化。我现在明白我可能从没体会过真正的性爱的乐趣，那并不是随便从哪个女人身上就能得到的。爱情和性欲结合得密不可分，这大概才是世界上最奢侈的快感。

不管我说什么，都没法留她共度一晚。她坚持要回家，她的女儿或丈夫大概在等着她回家。我猜想他们习惯她在家里，尽管他们可能并不需要她。傍晚以后，没有高铁从附近经过，她说她包一辆出租车回去。她不让我送她出去，甚至不让我走出房间。我说“不会有人看见我们的”。她说有人已经看见过她，难道我不知道这楼道里、电梯里都布满摄像头吗？而如果我们一起去大厅，很可能会遇见一个“熟人”。我发觉她很谨慎，但她的想法很可能是对的。在这个小地方，“熟人”存在的意义似乎就是在不该撞见你的时候撞见你，然后散播有关你的谣言。洗过澡，她穿上她的每一件衣服，开始收拾她的东西。她要出门时我突然感到一阵恐惧，紧紧拉住她的一只胳膊。“我还能见到你吧？”我问她。她看起来有点儿茫然，很快她冲我笑笑，亲了我一下，不置可否地说“会吧”。然后，我被独自遗留在房间里。

我吃了一些零食，然后躺在床上想着她，我给她发了一条信息，希望她到家后立即给我发一条信息。我毕竟太疲倦了，昏昏沉沉地睡着了。我半夜醒过来，第一个想到的就是她。我打开微信，发现她并没有回复。我想念着她。这种想念和我高中时候渴慕的痛苦不同，尽管它同样啮咬你的心，但它不再是空想，而是具有了某种鲜活、生动的感觉，你能回忆起那美好的滋味，因此它也更强烈，灼烧人的感官。同时，我又像是处于令人晕眩的幸福的顶端。我觉得她如果现在回来，这比世界上一切其他事都重要，值得我抛弃我所有的一切！我也试着自我审视，怀疑自己是不是一个被旧情、欲望烧昏了头脑的失去理智的人。但我否定了这种怀疑，因为我接着开始检视我的生活，我发现，如果我盘点我的生活“资产”，那实在没有多少难以割舍的东西。说到底，我现在的生活在苟延残喘。我妻子并不爱我，她甚至有点看不起我，因为我不是她心目中的“成功的男人”。她对我的态度里有种刻意的漠视。我回来的近半个月里，她不曾给我打过一次电话，她丝毫不关心我父亲的葬礼、我在故乡的经历，也不掩饰这种漠不关心。而我儿子也不再依赖我。他是个修养很好的男孩儿，倒是给我发过邮件问起爷爷的葬礼，但他只在三岁、五岁时见过爷爷两次，已经全无印象。对他来说，这是对父亲的礼貌问候。再过一年，他就会进入私立寄宿学校读高中……我的生活乏善可陈，甚至相当可悲。我现在感到我错过了生活中某种至关重要的东西。这就是顿悟吗？或者这不过缘于强烈的快乐之后必然来到的沮丧和悲观？对于其他人来说，我那种肥胖的、躯壳般的生活，也许就是生活中所需要的一切。

我意识到我只是在和自己争执不休。那么，我应该考虑的是，她是爱我还是仅仅出于恋旧，或者仅仅出于怜悯，要安慰她所认为的唯一爱过她的、刚刚失去父亲的那个男人？对于我们经历过的那么美好的事，她似乎是怀着羞耻的。我们在一起时，她说："你不会觉得我是个送上门的随便的女人吧？"她竟有这样的疑虑。难道在她眼里，我是这么一个感情肤浅的男人，会把她的深情厚谊、她在我失去父亲时给予我的安慰当成艳遇的谈资？在当时，我激烈地否定这疑虑。但我现在觉得我说得不好。于是，我忍不住又给她发了微信信息，告诉她说她是我遇见过的最纯洁、善良的女人，对我来说，她就像天使……我几乎写了一封信，一封情书。她没有回复。当然，那应该是她睡觉的时间。

第二天一整天，我哪儿也没有去，就在酒店里的那家价格宰人而且味道恶劣的餐馆解决了我的午饭和晚餐。我发觉我没有力气，也没有勇气自己走出去。我打定了主意要自我囚禁在这个笼子一样的房间里，直到得到她的回音。我的痛苦比那天晚上独自醒来时更强烈、尖锐，回忆里的那天下午的快乐更像是炫目、华美的幻觉，但我唯恐失去这幻觉。我又恬不知耻地给她发了信息，告诉她我愿意为她做什么，而现在我只需要得到她的同意，我期待得到她的消息……

接下来，我觉得我应该做一些具体的计划，理清一些更为实际的问题，想这些问题总比等待好受。我从酒店的记事簿上撕下两张纸，开始在上面乱写乱画，我把有的字圈起来，在有的字下面画条重点线，在有的地方用只有我自己才能看懂的又小又潦草的字做注解……我试图回想一个我所知道的办理离婚手续的律师事务所的名字，心想他们是否同时也办理配偶的绿卡申请。我开始计算我的存款、资产。我想如果我妻子想要，我会把我们共同购买的那套房子完全转到她的名下，至于我的存款，我也可以给她一半，只要这能消除打官司的麻烦。自从我儿子八岁以后，我把我每年的奖金为他存在一个银行户头作为他读私校期间的费用，现在那个户头有一笔钱，足够他读四年私立学校的全部花费……果真，这是转移注意力的好方法，很长一段时间，我不必焦虑地看手机、死死盯着她的微信头像。而且，随着这样的计划、运算，随着一切虚构的细节化，似乎一个光明前景也在我眼前打开了，一条彩虹般的道路，通向玫瑰色的人生……

第二夜过去了，我仍然没有得到一个字的回复。我担心她不相信我。这也是可能的，我不过是一个突然出现的、半陌生的男人。我应该试着去理解她所有的忧虑。于是，我又给她发了几条信息……我时而走在回忆和幻想的狂喜巅峰，时而又跌入悲伤、绝望的谷底。但我始终没有收到她的回复。我意识到，她根本不会回复我。

我不得不终止这种自我囚禁般的生活，因为有天上午，我妹夫来酒店接我，要载我去办理文件。

我们去到某机关里一间充满烟味儿的、热烘烘的办公室，在那里等了很久。后来，一个小官儿模样的人走进来，和我那位迎上去的、满面堆笑的妹夫握了下手。我妹夫是个身形胖大的人，但我注意到他每回到机关里办事，身子总会伛下来，显得又蠢又矮。那个小官僚虽然脸上挂着笑，但声音很傲慢。他似乎不急着办我们的事儿，皱着眉头看什么文件，我妹夫则在一旁小心而又聒噪地说着有关那个熟人的情况和对他本人的恭维话。我突然感到不必待在这样的地方有多好。

终于，最后一个手续也办完了。那天中午，我们全家人在一起吃饭，我姐姐、姐夫做东。我猜对他们来说，这算是一种庆祝，庆祝我那部分财产成功地转交到他们手里。他们看起来轻松、欢喜，说总算也不折腾我了，知道我最烦这些杂事儿，对他们来说，这些人情世故倒是都习惯了。

我姐姐笑着说：“二弟现在已经变成美国人了。”

我说：“我当然没有变成美国人。但我不觉得习惯这些东西有什么好。”

妹妹说：“哥哥这些年是变了，变得不爱说话。美国人可能不觉得有什么，在老家这样，人家总会觉得太冷淡。”

她指的是我拒绝和那些替我们牵线、办事的熟人一起吃饭。

我说：“在我看来，你们也变了。变也不一定都是不好的。”

一阵沉默。

我姐夫说了一句：“变好，变好，大家都在进步，都在变好。”

他们又说起父亲死去那天，说他行善积德，所以走的时候一点儿没受罪。我不喜欢听他们重复这些。突然，姐夫感慨地说他今后可不舍得把他儿子送出国，离得太远，想他的时候人不在身边感情上还是难以接受。我明白他话里的暗示。父亲走的那天，晚饭后，妹妹给父亲烫烫脚，让他坐在沙发上看电视。过一会儿，他说他觉得胸口有点儿闷，妹妹让妹夫打120。救护车来的时候，他已经走了……我是当晚接到姐姐的电话，乘第二天的飞机赶回来的。父亲临终时，我不在他身边。

“我过一会儿想去老房子里看看。父亲的东西都还在房子里吧？”我问他们。

“应该都在。”我姐姐说。

我想如果有一天有人要买房子，父亲的东西大概会在最短的时间内被清理出来，丢进垃圾堆。

“家具如果还有能用的，你们去选几件吧。”我说。

“都是些几十年前的家具了，现在谁还会用那些。”我妹夫不屑地说。他大概以为我是出于节省而不是为了纪念一个亲人才要保留几件旧家具。

吃过午饭，我从姐夫那里要了父亲那栋单元房的钥匙。走进那个房子的时候，我立刻回忆起初中一年级时搬进这个两室一厅楼房里的情景。那天早上离家的时候，父亲嘱咐我：“新房子都收拾好了，放学直接到新房子里去。”我一上午都在盼着放学，好到新房子里去……现在看来，这个“新房子”那么狭小，那么粗糙，毫无美感。它大概不到六十个平方，是80年代建起来的那种模样简陋、笨拙的水泥楼，典型的职工家属楼，五层，没有电梯，楼梯平台上的玻璃窗常年是碎的，因为冬天窗扇会被风猛烈地摇撼、抽打直到碎裂。没有人想到关上它们，碎了以后也没有人想到去修补它们。房子里到处积满厚厚的灰尘，桌子上、椅子上、窗台上、悬挂的灯罩上。不知道多久没有人来过。每当我拉开一个抽屉、打开一扇柜子的门，我就感到一团灰尘朝我的鼻腔猛扑过来，令人窒息。最后，在吃了不知道多少灰尘之后，我找到了几样我决定带走的属于父亲和母亲的纪念品：父亲的一个金属香烟盒、一支毛笔、一顶毛线帽（我猜是母亲当年给他手织的），母亲的一个上面穿缀着小珠子的绿色的零钱包、两方手帕、一串像是水晶（也可能是玻璃）做的项链。我把它们装进我找到的一个帆布袋里。

屋里十分阴冷，我冻得发抖。我不明白为什么在我过去的印象里，这个阴冷、采光不好的住所却那么崭新、明亮、温暖！大概那天我放学后走进这个新家的时候，它给我的印象太过强烈。那时候，在这个墙壁雪白、有一扇长方形大窗户、似乎充满光线的客厅里，我赫然看见一张新的圆餐桌，铺着一块色彩鲜艳的塑料桌布。中午，我们全家围坐在高高的餐桌那儿吃了一顿庆祝迁入新居的饭。以前，我们都是坐在低矮的木板凳上、围着一条长茶几吃饭。那张新房子里的新餐桌，它仿佛处在所有光亮的中央，那个时刻、那一餐饭仿佛是我们家饱足、安适、幸福、亲密的往昔的象征。

也许过去的印象终究掺杂了过多的幻想，它毫不真实，就像我过去对她的爱一样，它也可能并不真实。当我们重新见面时，除了那过往的强烈渴慕像是给我们的爱欲增添了兴奋剂，除了她给予我的我从未有过的欢愉在我的灰暗生活中突然爆发出了夺目的光和灼人的热，我还了解她的什么呢？而她又了解我的什么呢？如果她真的拉住我在高烧中朝她伸出的狂热的手臂、投奔于我，我是否能坚守承诺而不是半途而废？那么，就当她是天使吧，就让她仅仅是天使吧。否则我如何解释这样的奇遇呢？少年时，她让我燃烧过一次。而现在的我如同一个死灭的星球，根本不知道我的中心还有那么一点儿可以被引燃的东西，她来了，让我的身体和灵魂又燃烧了一次……她一直是那个至关重要的、闪光的幻影，是别的维度里的别的生活。而真实的生活、如此延续下去直至我们死亡的生活，很不幸，却是另一件事。在此处，我们似乎仅仅有权决定爱，却无权决定生活。

我拿了帆布袋，锁上父亲的房子，站在楼下等姐夫的车来接我。外面竟比屋里温暖，因为还有一点儿阳光。幻影、奇遇离我而去，死亡、萧索污秽的市景、嘈杂而漠然的生活，这些又缓缓回到我的意识里，令我仿佛从云端跌落到俗世的痛苦和沉重之中。我想我走的那天，要在同学群里发一条告别的信息。我知道她会看到。

2019年2月2日

关于南京的回忆

1

想起南京，首先浮现在我脑海里的往往是那个阳台，也就是我们当时租的位于玄武区那栋六层单元楼二楼房子的阳台。阳台背阴，楼后生长着两三棵老楝树。在我的印象里，阳台上总是布满浓密、细碎的树的阴影。到了黄昏，那些照在树上的夕照光线也会晕染到阳台上，让它浸润在粉红或是橘黄的光泽中。大树后面是距离很近的另外两栋居民楼，在那两栋楼后面，露出另一栋同样规格的楼房的斜角，那是他当时住的地方。当然，我从未去过他住的地方，他在阳台上曾指给我看，说他和几个同学在这栋楼里合租了一个单元。这一带的楼都是上世纪80年代盖的那种水泥楼，粗笨平板，颜色灰里发黄，楼的外部砌着一层碎石子，看着倒很结实。有的住户把窗户更新为铝合金窗，更多住户仍保留着几块玻璃组成的、木窗棂的格子窗，一些窗户外面还加了一层丑陋的防盗铁栏。这一带是再普通不过的南京居民区，在居民区里面，好看的似乎就是这几棵树。从半开的窗户里，或是透过通向阳台的那扇小门，总有哨音般的、朦胧的市声传来：车从马路上经过、远去的声音，居民区特有的那种时时浮动着却也并不怎么喧闹的声音——人在楼道里走动、以方言进行的交谈、锅碗瓢盆的撞击、菜倒进锅里引发的小小爆炸……姑且说是那种带着烟火气息的生活的声音吧，它们既乏味又悠长，甚至带着一点儿忧伤的调子。而和这个居民区隔一条大路，对面没有住宅楼，也没有其他密集的建筑，而是连绵的、郁郁葱葱的树，中山陵、明孝陵、梅花山都在这个巨大的林区里。这构成一种奇特的对比：在冉冉的生活的对面，是碧绿的、延绵无尽的象征死亡的森然静寂。这也是我为什么在南京各处闲逛了一周后、选择住在这一带的原因。

那是21世纪初的某年。当时我男友已经收到一所美国大学的博士录取通知，我也辞去了工作，准备到南京的“新东方”集训两三个月的英语。选择南京只是因为它是离我们家乡较近的一个有“新东方”课程的城市。我们的打算是我先考GRE、申请学校，如果我考试失利或是申请不到学校，我们就结婚，以便我办理配偶签证过去。因为男友需要处理些辞职前的事，还要去北京的美国大使馆面签，我一个人先到了南京，选择住处的任务也就落到了我的身上。有四五天的时间，我住在玄武区的一家如家快捷酒店，上午坐公交车出门，在南京城里各处闲逛。我每天的安排都是看一两个景点，傍晚时候再去各区找一家房产代理处询问租房市场的情况。我感觉我看了南京城里所有的景点：玄武湖、鸡鸣寺、夫子庙、总统府、颐和路、湖南路……连南大、南师大、东南大学都去看了一遍，最后发现自己最喜欢中山陵一带。每次坐车过了中山门，我就觉得离市区的喧嚣远了，有种神清气爽的感觉。所以，我决定在附近找个住处，因为我每周只需上三次课，住得偏僻一点儿，对生活并无影响，还可以到陵区那些古木参天的路上散步。

有一天，临近傍晚时候，我在这一带的一家苏果超市对面的公车站下了车。周围看起来很热闹，应该是该区的中心地带。在我下车的地方，有很多家临街小店，服装店、花店、日杂五金店、理发店、小吃店……路口有个卖烤鱿鱼的摊子，很多学生模样的人围在小摊儿周围。我后来才知道，这个地方叫“卫岗”，这些学生是南京农业大学的学生。从烤鱿鱼的摊子往里走，在一条梧桐树夹道的、安静的路上，就是他们的学校。离苏果超市不远，我找到了一家我爱我家门店。我进去里面，店里只有一个人。从容貌看，他很年轻，但他穿着白衬衫、深蓝色短风衣，打扮得很郑重。他也是以这种郑重、相当职业化的方式招呼我的，使我误以为他是这里的正式员工。他长相清秀端正，个子不高，但看起来很灵动、精干。不知为什么，我容易对个子不高的男生产生好印象，仿佛那是一种不容易产生威胁的温柔的特征。就这样，他成了我的经纪人，我告诉他我要找一栋两室一厅的、家具齐全的房子，和我男友一起住。我后来知道，他是南农的学生，大四，在我爱我家做兼职。我想我们认识的时候他只有二十一二岁，我二十六岁。所以，他那副努力显得成熟、职业化的样子，在我看来，往往有点儿滑稽的感觉。

一开始，我们相处得并不太好，我差点儿要求把他换掉。因为他帮我找的第一栋房子让我不满意，房子和家具都很破旧，我对他说，这种条件的房子以后不要给我介绍了。第二栋房子我特别喜欢，他带我去看时也很兴奋，说他今天看到这个房源的照片就觉得适合我。看了以后，我当晚要订下来，但他说对不起，他弄错了，这个房子已经有人订下了。总之，我非常失望，几乎迁怒于他。我们之间的关系大概是从看第三套房子的时候改善的，看完那套房子，我们一起坐车离开。他弄错了公交车号，我们竟然坐到林区里去了。后来，我们俩都感觉不对，只好在一个靠近宋美龄别墅的地方下车了。我看着他，他的脸红了，告诉我可能得走一段路，不过这里离我要去搭车的地方应该也不太远。

那是下午五点多钟的时候，林区里的光线已经有点儿暗下来。大概因为旅游景点关闭得早，我们在那条干净得发亮的柏油马路上走着，除了不时有辆车经过，几乎没有碰到任何人。早春三月初，大树的新叶鲜绿嫩黄，一两处红砖绿瓦、样式古朴的别墅掩映在丛林深处，属于过去某个年代的某位显赫人物。如果没人说话，就只听到两个人的脚步声和风从树梢、林中吹过的声音。我想，偶尔遭遇搭错车的情况，在这静谧宜人的地方走走，也很不错。但他大概觉得深深得罪了我，不止一次道歉，问："你累了吗？你一定走得累了……"又说："一辆出租车也没有，如果碰到出租车，我们就坐出租车。"我想，让他心里有点儿负罪感倒不是坏事，这样他会为我更努力地找房。在他第三次纠结于"没有出租车"这个问题时，我转头看看他，发现他脑门儿上渗着汗水，而在这样凉爽怡人的天气里，是不应该出汗的。我安慰他说："我觉得走走路挺好的，就当是散步吧。"这大概缓解了他不少压力，我听见他深深嘘了口气。"真对不起，我自己也迷路了。但大方向肯定没错。"他说。过后，他仍然每走到一处有长椅的地方，就对我说："你一定走累了，你坐下来歇一会儿。"我们中途休息了两三次。坐下来以后，一开始他总是比较沉默，仿佛专注地想着什么，我认为他这副沉静、严肃的样子也是一种假装成熟的努力。但他也总是忍不住打破沉默的那个人，说明其实他还没有成熟到安于和一个女人沉默相对的地步。他的话越来越多，开始给我讲附近的那些小店，哪一家面店好吃，哪里的酸菜鱼好吃，哪个熟食店的烤鸭和小菜最好……好像他已断定我会在此安家。我们走走停停，等看见卫岗那条主路时，我想我们已经走了将近一个小时。大路上街灯亮了，街上是人们归家时候那种带有温馨气息的热闹气氛。他陪我等公车，直到我上车离开。我还在车上的时候，收到他的两条短信，问我有没有安全到酒店。后来，他就把这种发送有点儿私人性的短信的习惯一直保留了下来。

2

我最后选择的是他带我看的第五或第六套房子，一个卧室宽大而且带阳台的房子。它的阳台没有像其他房子那样封起来，窗户没有装上铁栅栏，屋里的家具非常简单：老式家具，但冰箱、沙发、床……必需的也都有了。我对他说我很满意，然后，我去了我爱我家的门店，在另一个员工的帮助下签了租赁合同，按照合同付了中介费。当然，他也在场。签了合同的第二天，我和他，还有房东在房子里约见，房东把钥匙交给我，说了些注意事项。房东走后，他拿出一个信封，说信封里装着公司给他的那部分中介费，要还给我。

“为什么？这是你应该拿的钱，你花了那么多时间。”我很惊讶。

“你昨天必须签合同、付款，这是公司的流程，但我觉得我不能拿你的钱。”他说。

“为什么？”我问。

“我也不知道。”他说，低下头。

过了一会儿，他说：“我觉得你是我的朋友，我不能要你的钱。”

“我还没觉得你是我朋友呢。我可不想欠你任何东西。”我嘲弄地说。

他愣住了，好像不知说什么好。

我想，他毕竟是个单纯的人，应该对他友好一点儿，于是说：“你拿着吧，就几百块钱，对我来说是很少的钱。你别忘了，我工作过几年，我存了很多钱。”

“你有钱，那和我有什么关系？我只是不想要你的钱。”他竟然不领情。

“反正我不会要的，我就是不想欠人情。”

“你真奇怪。”他嘟哝着。

但他明显拗不过我，最后说那他就用这个钱每天请我吃饭。那天晚上，他说首先庆祝我找到了满意的房子，去吃酸菜鱼，我同意了。我们去了一家小店，人很多，需要等座。南京那一年好像特别流行酸菜鱼，每个店都打出酸菜鱼的广告，吃法其实像火锅，酸菜鱼做锅底，配菜另加。坐下后，他点了一锅中份酸菜鱼，加了好几份菜。又说，女生吃了酸辣的总喜欢吃一点儿甜的，这家店的桂花糖芋苗也很好，也要叫一份。那是我第一次知道有这个叫桂花糖芋苗的菜，以前我只吃过桂花糯米藕。我开玩笑说，你倒挺了解女生口味的，有女朋友吗？他说没有，不是忙着学习就是忙着做兼职，没时间注意那个。吃过饭，他要带我在周围走走熟悉环境。他先带我去附近的菜场，是一个带透明顶棚的市场，当然这时候摊位全都关了，只有一两家熟食店还亮着灯。菜场外面有一条小河，也许只是一条宽大的排水渠。我们沿着水渠往我住的地方走。在小街的另一边，也有两三家卖烤鸭、盐水鸭、各种卤味儿和小菜的熟食店，他向我介绍哪一家的哪种小菜好吃。沿着水渠和与之平行的那条小街走到大路口，向右转就是我租住的那栋楼。他送我上楼，楼梯上方有一盏不怎么灵敏的感应灯，他一进入楼道就停住，用力跺两下脚。后来，他一直保持这个习惯，而光也总是在他第二次跺脚之后亮起来，像一层黄雾那样弥漫在灰蒙蒙的楼道里。

就在我和他告别、打算进屋的时候，他突然说，他想再进去看看，检查一下房子里是不是缺什么东西，热水器、冰箱什么的是否照常工作。我让他进了屋，他开始研究那些东西，然后教我怎样用煤气灶、热水器，帮我发现灯的开关都在哪里……我发现他是个非常细心的男人。

“感觉这里生活真方便。而且，我特别喜欢这个阳台。”我心情愉快地说。

“有什么不知道的问我。我对这里特别熟。”他说。

“为什么？”我问他。

“因为我也住在这儿。”

就是在这个时候，他走到阳台上，给我指出他住的那栋楼所在的位置。

临走时他说：“你自己刚住进来，可能会害怕。要是害怕，晚上给我发短信，我的手机会一直开着。明天早上我给你带早餐过来。”

“不用了……”我犹豫地说。

但他打断我说：“你刚来，不知道去哪儿买早餐。我买好拿上来。我来之前会给你发短信的，你起床收拾好了我才过来。”

这种善意似乎难以拒绝。他走了以后，我试图理清这是怎么回事儿。我倒不至于认为他喜欢上了我。把男人的友善当作其他暧昧的企图，这对我来说是最不会犯的错误，在我看来也是最可笑的一种错误。但他为我找了一栋和他自己的住处近在咫尺的房子，他试图归还我理应出的费用，让我夜里害怕时给他打电话，并且打算第二天早上给我买来早餐……这似乎又超出了一个中介对客户应有的殷勤。可另一方面，他没有说任何出格的话，没有任何轻浮的举止。我如果拒绝他的友善，那么粗暴的似乎是我……

他考虑得没错，在这屋子里，在夜深人静、灯都熄灭的时候，我的联想力开始起作用。我在想，这房子里之前住过什么人呢？下午我见到的那个房东是个四五十岁的中年人。那么这会不会是他父母的房子，而他们相继在这屋里去世了呢？我越想越害怕，简直觉得在那个老式的大立柜前面，就站着一个老人的影子，他责怪我侵占了他们的住处……我好几次拿起手机，心想也许和他说几句话会壮壮胆，但最终还是控制住了自己。又过一会儿，我感觉到手机在枕头一侧的嗡嗡振动。我拿起来，看到他发来的信息，说如果我害怕可以随时给他打电话。但我没回，我想，就让他以为我睡着了吧，我明天会告诉他我一点儿也不害怕。

第二天早上，他收到我已经起床的信息后不久就过来了。他手里提着打包的豆浆、油条、煎饼果子和雪菜包子，说他不知道我究竟喜欢吃哪种早点，就都买了一点儿。

“所以，你打算通过这种方式把你挣我的一点儿钱都花完。”我一边让他进来，一边取笑他说。

“有人陪我吃早饭，我也很开心。你为什么非要理解成还债呢？”他说。

我想，真是个会说话的灵敏的男孩子。

“好吧，那我就没有任何负担地接受你的好意。”我笑着说。

他竟然立即抓住机会："那我以后每天都买早餐上来。"

我没说什么。

"你早上不用上课吗？"过一会儿，我问他。

"快毕业了，没什么课，大课也不用上。"他说。

我们坐在那张四人小桌前面吃早餐。我觉得他有一种能力，就是让人在他面前很放松，而他到了这里，似乎很自然地也成了这屋子的主人。我吃了一根儿油条，吃了一个包子，又和他分吃了一块煎饼果子。

"你挺会吃，我昨天晚上就发现了。你不怕发胖吗？"他看着我说。

"不怕啊。才吃了你这么一点儿东西，就嫌我吃得多了？"

"当然不是，看你吃饭让人很高兴。我觉得和你一块儿我也会多吃点儿，因为心情好。"

"你这孩子挺会说话。"

"其实不会，但我说的是真的。你不要叫我'孩子'，你不比我大多少。"

"至少四岁，也许六岁。"我说。

“大四岁算大吗？”

“当然。”

他说：“我觉得你才像小孩儿，迷迷糊糊的。我没见过你这么没心眼儿的人。昨天夜里我说要进来，你想都不想就让我进屋，如果我是坏人呢？”

“我确定你不是。我看人很准的。”

他笑了：“你告诉我你昨天夜里害怕了没有？”

“没有，我很早就睡着了。你给我发的短信，我今天早上才看到。”

“我不信。”他说。

“随便你。”我说着，站起来想收拾那些东西，但我发现我没有垃圾桶也没有垃圾袋。他带着得意的神情，手脚利索地把那些东西收拾起来，装进他带来的一个袋子，说他下去时顺便把垃圾丢掉。

“你今天要去超市买些日用品。‘苏果’很近，要我带你去吗？”他对我说。

“不需要，从这里走出去都能看见‘苏果’。”我有点儿不耐烦地说，不习惯被当成一个没有自理能力的人。

“我上午去学校一会儿，你买完东西给我发短信，肯定要买很多东西，你自己提不了，我去帮你拿。”

他走以后，我坐在餐桌那儿，列了一个单子，从厕纸、马桶刷、垃圾袋到牛奶、水果，好像确实有很多东西需要买。但我不想麻烦他，所以我打算分两批买，买完叫个出租车，给它一个起步价，让它帮我把东西拉到楼下。我买的第一批是食品，出租车司机帮我把一大堆袋子、箱子卸在楼下，我自己分四次把它们提到楼上。第二批东西是日用品，更多更杂。我在商店选购的时候，他发短信给我，问我是不是已经买好了。我看了几眼，决定装作没看见。我用同样的方式把第二批东西拉到楼下，正打算自己慢慢往楼上搬运时，看见他走过来。

“为什么不回短信？”他问我。

“什么短信？一直忙，没看到。”我说。

他微微一笑，没再说什么，开始往楼上搬东西。

搬完东西，我让他在屋里歇一会儿，从冰箱里给他拿了罐啤酒。

“你一个人跑了几趟？连这个都买了。”

“你来的时候是第二趟。我只买了啤酒和牛奶，其他饮料我也不爱喝。”我有点儿不好意思。

“为什么不叫我帮你？自己搬这么重的东西上来。”他打开啤酒，皱着眉头喝了一口。

“我自己可以的。”我说，同时也很清楚自己看起来很狼狈，一上午都在搬运东西，汗流浃背，也没有时间整理一下头发。

“你自己不喝吗？”他问，抬头看了我一眼。

“好吧，我陪你喝一罐。”我说，觉得这不失为一个缓解尴尬的办法。如果他看到我像男人一样豪放地喝啤酒、对什么都表现得不在乎，他大概就不会用观看女人的那种细腻眼光来看我。

“以后你不要这样了。”他又说。

“什么样？”我假装不理解，喝了一口冰凉的啤酒。

“不要不让我帮你。”

“可我不需要啊。”我大声说，“我不想麻烦别人，如果我可以自己干，我就不要麻烦别人。”

“可是你不应该搬这些重东西。”他坚持他的看法。

我翻翻白眼儿，表示不想再说这个话题。有一阵子，我们俩就沉默地喝着啤酒，客厅的窗子外面阳光闪亮，另一边的阳台上摇曳着零碎的树影。那些隐微而屡屡不断的市声和阳台后面隐藏在树上的鸟儿的鸣叫混杂在一起，形成声响的背景。我们所处的这个情景令我有点儿困惑，我不明白他怎么好像已经很深地进入到我的生活中来。

他似乎打算缓解气氛，突然兴致很高地说："我饿了，只喝啤酒不行啊。我去买半只鸭，我们一起吃午饭吧。你喜欢吃烤鸭、酱鸭还是盐水鸭？"

我说："盐水鸭吧。"

他立即拿起他丢在沙发上的手机出门了。大约二十分钟后，他提了几个袋子回来，除了半只盐水鸭外，还买了卤鸭肝儿，两个素菜，三个鸭油酥饼。

"你觉得我们吃得完吗？"我责备他买的东西多。

"有你在，我不担心。"他说。

这句话让我狠狠瞪了他一眼，但也化解了之前那种尴尬气氛。就在我们吃饭的时候，我的电话响了。他好像立即明白了是谁打来的电话，就站起来走到阳台上去了。我和男友打了大概十几分钟的电话，告诉他房子找得很理想，家里需要的东西也基本上添齐了……我打完电话，去阳台上找他。

他问我："你男朋友什么时候来？"

“大概还要一周左右吧。”我说。

“他每天都给你打电话？”

“对，这时候一次，晚上一次。”我说。

“那真好。”他轻轻地说。

然后，他微笑着站在那儿，失神一般凝视着那些树叶或树叶上晃动的光斑。

“来吧，我们继续吃喝。”我拍了一下他的肩膀。

然后我们回到那间面积比卧室还要小的客厅，回到那张四人座小圆桌那儿。桌上铺着一层崭新的、粉红色的廉价塑料桌布，应该是房东为了防止烫伤他的木头桌面而特地买来的。我还记得那粉红色底子上的方块图形，每个方块里都有一朵俗艳的大花。我试图使气氛快乐、自然，仿佛我们是一家人，是两个好哥们儿。在我们日后的相处中，我也一直努力做到这一点。所有那种可能会导致误解的女性意味很重的妩媚举动、语气，我都极力避免，而他也从未说过一句出格的话，这更使我觉得不应该为了某种猜疑、某种自我防护的目的而损害这种关系。于是，我坦然地和他一起吃早餐、一起吃晚餐，有时候也一起吃午餐……我们每天都见面，他带我去他喜欢的菜馆、鸭血粉丝汤店，我们也会一起吃路边的烤鱿鱼、砂锅米线。大部分东西，我都是爱吃的，但我实在不能接受他爱吃的皮肚面和大肉面，那么大的一块五花肉，居然是冷的，上面凝结着一层厚厚的、霜一样的油。

“我看到这层猪油就没有胃口。”我对他说。

“但我还是觉得它比小排面好吃。”他故意刺我说，因为我总是叫小排面再加一份素浇头。

“反正我受不了肉是冷的。”在他面前，我从不掩饰我的不满。

吃完饭，我们常常在附近散步，沿着那条细细的水渠，有时也走到对面林区里那些洒满夕照和树荫的路上去。偶尔，我会疑惑是否不该这样频繁地见面。但我想，他并没有冒犯我，那我为什么要矫揉造作地假装羞怯、害怕呢？那种含义暧昧的闪躲姿态，一向是我不喜欢的，就如同我从不斜着眼睛瞟人一样。我总觉得，直视他人就如同坦荡行事，大多时候，它都能防止对方产生龌龊的念头。既然我们所做的一切都坦坦荡荡，而且，这又使我俩都愉快，那它究竟有什么不好呢？只是有时候，我男友碰巧打来电话，他就走开，走去一边远远地等我，我看着他的影子，觉得有什么东西对他不那么公平。他应该是不想听到这些电话的，而我也不想让他听到，同时我也不愿意让我的男友知道此时有另一个男人在等着我……这大概就是唯一令我感到不安的、不那么坦荡的感觉。

3

只有那么一两次，我感到他站在一个危险的地方。可庆幸的是，他在那危险的地方停住了，因此会使我们日后悔恨、自责的事并没有发生。

那次是我们吃过晚饭后不久，他打电话说他住处的热水器坏了，问我他可不可以到我这里来用一下热水器。

“当然可以。”我大方地说。

过一会儿，他来了，提了一包东西，大概是他的洗发水、浴巾、换洗衣服之类的。洗澡间连接着客厅。他提着他的东西进去后不久，我听到洗澡间里传来“哗哗”的水声，才觉得让一个单身的男人在我这里洗澡好像是一件不太恰当的事。最后，我走到卧室里去了。过了一会儿，我听见他在喊我，这让我吓了一跳。

我走到客厅里，问他怎么了。

他说他把浴巾忘在客厅了。我简直不敢相信他说的话，我扫视一圈，发现那条蓝色的浴巾落在沙发扶手上。

他大概感觉到我的尴尬，说："对不起。"

"没事儿。"我故作镇静地大声说。

然后，他把浴室的推拉门打开一条缝，我把浴巾从那缝里塞给他。在他接过浴巾的一刹那，我感觉他碰了我的手。我迅速把手缩回来，浴巾掉到了地上。

"对不起。"他又说。那只手把地上的浴巾捡起来，关上了门。

他洗完澡从浴室里出来，我没说话。也许他一眼就看出来我的表情僵硬，他没有像以往那样坐一会儿才走，而是客气地说了声"谢谢"，立即带着他的东西离开了。

他走了以后，我纠结于自己刚才的做法是否正确。如果他是故意握了我的手，那当然不能原谅，因为我那么信任他；但如果他只是不小心碰到我的手，那我就是小人之心，我那生硬、冷漠的反应就伤害了这个无辜的人。可我什么也确定不了。我也反复想，自己是不是做了什么令他误解的事，但我也想象不到。我觉得我和他一起散步、一起吃饭、一起聊天，这些本来就是朋友之间可以做的事，除此之外，我并没有给予他任何暗示。但或许就某种意义来说，我每天都和他在一起，那本身就是给了他信息……

第二天早上，像以往一样，他买好早餐上来。我真想问他，他为什么每天早上给我买早餐？难道只是像他说的那样要把我不愿意收而他执意要退的钱花掉，还是这已经成了他的习惯？但我觉得最好还是不问这种让他和我都尴尬的问题。早饭后，他说他白天得在学校，中午不一起吃饭了。这倒让我感到轻松。下午晚些时候，我主动给他发了短信，说我下午要去市区见一个朋友，晚上也不用等我吃饭了。

“你有朋友在市区？”这是他发给我的回复，流露出他不怎么相信的语气。

我没回答他的问题，我又何必对他解释？其实我也无处可去，就又去了夫子庙。我只想去个人多的地方，而那里狭窄的石街上总是拥塞着进进出出的人流，街两边的店铺里放着大音量、节奏猛烈的庸俗音乐。随便走了一会儿，我看到一家号称“秦淮名吃”的餐馆，就进去叫了一盘煮干丝、一碟糯米藕，在其他客人异样的目光里索然无味地吃着，意识到这些天一直都是他陪我吃晚饭。我在那条充其量像条排水沟那么宽的著名的秦淮河岸边的游廊里坐着，假装感兴趣地看着对面白墙黛瓦的仿古建筑，还有倒映在河里、把水染成胭脂色或荧绿色的灯光。我就这样走走、坐坐，消磨到九点以后，才走去车站搭车回去。上车后坐下来，我才拿出手机看，看到他发来的几条短信，最后一条还嘱咐我回来时让我朋友把我送上车。我回复了一条，说我已经坐上了回程的车。很快，我收到他的短信，让我过了中山门后一定给他发短信，他到车站接我，因为太晚了，我一个人回来不安全。我想到，他的确和我男友一样细心，但又是两种不同的人。我男友有一点儿腼腆、敦厚，他充分信任我的能力，知道在小事上不需要交代我；他却更加机敏、伶俐，还有一点儿让我觉得可笑的控制欲。不过，这种比较又有什么意义呢？

车过了中山门，车上大概只剩下六七个人。周遭明显安静多了，灯光更稀疏，夜色更漆黑。我努力辨认着行经的一个个车站。空荡荡的车站倒是明亮的，白炽灯管装在棚顶，照着那些颜色鲜艳、光洁的塑料座椅。我终究有点儿担心，快到站时，我给他发了条短信。我以为需要在车站等他一会儿，但在车上，我已经看见车站那儿有个人坐着。我远远就能确定那个人是他。

我下了车，走到他面前。他没有立即站起来，仰起头茫然地看着我，看上去有点儿疲倦。

“等很久了吗？”我问他。

“不太久，大概一个小时。”他说。

“我不是说过了中山门发短信给你吗？”我说，感觉到自己的声音干涩，又有点儿心虚。

“可你没有过了中山门发短信给我，你刚刚发短信给我，还不到五分钟。我怕你不发短信，所以你说你坐上车不久我就下来了，这样比较保险。”他说，眼睛盯着车站前空空的街面。

我想的确是我错了，就在他旁边坐下来。此时所有的店铺都关了，这个平常喧闹、充满生活气息的地方变得十分静寂，仿佛是另一个城市的另一个角落。那种陌生感，那沉寂矗立的路灯，以及春风一阵阵吹过宽阔的马路和路边大树时发出的温柔的声息，这一切都给人一种浪漫的感觉。

我说：“对不起啦。”

“没事儿。”他说，叹了口气，站起来，“不怪你，是我自己想早点儿下来等。”

“其实你没必要……”

“我知道，你胆子大，什么都逞强。可这么晚，我不能让你一个人走回家。”他转过头看看我说。

“谢谢你。我们回去吧。”我说。

我们一起走回去，我感到前面那些楼有些异样，接着意识到那是因为它们太漆黑，没有一扇窗户里亮着灯。

“真奇怪，我有点儿不习惯你对我说好话。”他这时突然笑了。

“我说好话了吗？”

“你说‘谢谢’……”

“那也算好话？”我忍不住笑，“既然你不习惯，以后我连谢谢都不说。”

“我指的主要是语调。”他嘟哝道。

他又问：“你没有觉得周围有什么不一样吗？”

“是有点儿怪，好像特别黑。”我说。

“我们小区停电了。”他像是宣布什么好消息。

我惊呼了一声。

“你看，我要不来接你，你一个人回来，楼道里一片漆黑，家里又没有电，你怎么办？”

“我就打电话给你。”我说。

“这么说我还是有一点儿用？”

“那当然，你有很大的用。”

“真的？”他站住了，装作很惊讶的样子。

“当然是真的。”我说，继续往前走。

快走到楼道门口时，我说：“可是家里没有灯，怎么办呢？”

他说：“放心，我给你带了蜡烛还有打火机。”

我们走进楼道，他打开手机照明。到了门口，我在包里摸了半天才找到那串钥匙。平常，就算是白天，我打开两道门也要尝试半天。而现在，两个人局促地紧挨着，手机微弱的光线还不时突然熄灭，我在混乱中更是分不清那些钥匙，似乎每个钥匙都打不开防盗门的锁。他笑着拿过我的钥匙，让我帮忙照明，他一下子就找到了正确的钥匙，打开了门。然后，他让我先在门口待着，他自己迅速在客厅里点上一根蜡烛。等我借着蜡烛的光亮走进屋里、关上防盗门和大门，他已经在卧室里点上了另一根蜡烛。他这种手脚利落、镇定娴熟的做派，总是让手脚笨拙的我心生羡慕，似乎和他在一起，就不必担心任何事。在这方面，他和同龄的那些毛糙、青涩的男孩子一点儿也不像。有时，我甚至觉得他太过谨慎、深思熟虑了。我有次开玩笑地对他说，我觉得他是个有野心的人，他将来会如愿赚很多钱。

“你喜欢有钱人？”他当时问我。

“不会因为人有钱而喜欢他，但也不会喜欢太穷的人。我喜欢的人必须养得起我，让我不至于为生活操劳。”我坦率地回答。

“他养得起你吗？”他问我。

“他会的。他是个特别上进的人。”我笃定地说。

我们进到屋里，在小桌旁坐下，渐渐适应了抖动的、偶尔还莫名其妙地蹿跳一下的昏暗烛光。后来，他打开煤气灶烧水，那一簇蓝紫色的火苗比烛光明亮多了，在天花板上映照出一个大大的光圈。我们俩稍一走动，墙上、地面上就晃动着被光放大的、形状奇特的影子。后来，我把卧室的蜡烛挪去洗澡间，做临睡前的盥洗。然后我回到卧室，关上门，换上舒服的绒睡衣。那是一套没有半点儿女性魅力的宽大睡衣，会让人变成臃肿可笑的玩具熊。也许正因为它毫无女性魅力，而屋里的光线又那么暗，我才坦然地穿着它，舒舒服服地坐在昏暗中，和他一起喝用立顿花茶茶包泡的滚烫的茶。

“你觉得今晚会来电吗？”我没话找话地说。

“我觉得得等到明天上午。”他说。

“哦。”

“你一个人会怕吗？”他问我。

“有点儿。”我老实回答。

“你要怕的话……我等你睡着了再走。”他说。

我没立刻答话，因为我想象不出他等我睡了再走会是怎样一种情形。他也没再说话。两手抱着杯子，好像在想什么。

我说：“你的样子好像总在想事儿，这种样子的人据说都有野心。”

“又来了，那你呢？”他抬起头，冲我笑了下。他笑起来很清澈、稚气，一下子就把他那副深思熟虑的伪装粉碎了。

“我？我是个什么都写在脸上的人。”我假装倨傲地说，在椅子上坐直身子。

"真的吗？"他说，"那你是不是害怕我留下来，等你睡着再走？"

"我当然不怕，我怎么会怕你？"我提高声调。

"可你什么都写在脸上，所以我看出来你害怕。"他说。

我愣了一下，没想到他会说出这种话。我想，大概是这么深的夜、这么昏暗的光线，让他胆子大了。过一会儿，我才说："我一点儿也不怕。怕你这种小孩儿？你留下来吧。"

他用那种有点儿费解的、寻求答案般的眼神盯着我，我也直视着他。他先把眼光转开了，扫了一眼黑漆漆的、客厅的窗户。

"你去睡吧，我坐在这儿等。"他轻声说。

我想时间早已经过了午夜，确实要睡了。我走进卧室，但没有关门，我想，如果我关上门那说明我不信任他，而且，他总得查看我是否睡着了。

我把蜡烛从写字桌上移到右边的床头柜上。我迟疑了一下，决定让它燃着，反正那一点亮光并不影响睡眠。我在床上躺下，感觉疲倦，但睡不着。我不好意思翻来翻去弄出些声响，只能在影子一般晃动的烛光里一会儿闭上眼睛，一会儿又睁开眼睛。他在客厅里几乎没有发出什么声响，我想他大概一动不动地坐在那儿看手机。不知道过了多久，我从床上坐起来说：“我给你找条毯子，你睡沙发上好吗？”

我听到他站起来，到了房间门口。门开着，他在门口问：“你还没睡？我可以进去吗？”

我说：“进来吧。”

他走进来，坐在写字桌后面的椅子上。写字桌摆放在床尾，这样，他和床之间隔着一张桌子。

“你睡不着……”他说，“你是怕黑还是怕我呢？”

“我怕你坐在外面太累。”

“那你觉得怎么样好？我就坐在书桌这儿吧，我趴在书桌上睡一会儿。你可以把蜡烛吹了，不用怕黑，也不用担心我看到你。”

“我怎么好意思让你趴在桌子上睡？你睡沙发吧，我有多余的毯子。”我说。

“你是说我可以在这儿待一夜？”

“可以。”我听见自己的声音很镇定。

“那你睡得着吗？”他问我。

“我当然睡得着，因为我相信你。”我觉得有必要再提醒他一下。

“你相信我……”他莫名其妙地重复着这句话，而后奇怪地笑了下，说，“你知道吗？我相信你睡得着，可我睡不着。”

我倚在床头怔怔地坐着，不知道说什么好，同时意识到我必须说点儿什么。过了一会儿，我对他说：“好吧，你就等吧。你要累了，就趴在桌子上睡一会儿。”

也许是为了让我放心，也许是真困了，他立刻趴在书桌上，把头埋进手臂，我只看到他那黑发蓬松的脑袋。我断然吹灭蜡烛，躺下来。我发现他说的这个方法很好，因为严严实实的黑暗，以及另一个人也在房间里产生的安全感，我很快就睡着了。但第二天回想起来，我觉得我确实听到了他拿起他的钥匙、离开房间的声音，那声音就像是梦境的一部分。

第二天醒来，我感到度过了温柔、漆黑的昨夜，这个早晨显得更加清爽、舒畅。我想到他虽然年纪很轻，却具有一种难得的君子风度，一种强大的自制力。这在当时让我颇为惊讶。但很多年以后我明白，这克制和坚忍恰恰可能是青春的产物，它源于情感的纯粹和敏感的自尊。而中年人的情感，却往往因掺杂了太多世俗的利益衡量和欲望，看似激烈，骨子里却世故、颓唐。

那天，他来吃早餐时，我发现他看起来心情也很好。我觉得那种轻松就像是我俩共同通过了一场严峻的考验、穿越了一片危险的沼泽地。他对我说，他今天不用去学校，可以带我去一个地方，我肯定会喜欢那地方。然后，我们一起坐车到了中山门，他带我走到和城门相连的老城墙上。天气很好，天空是春日那种透明的青，古朴的城墙两边簇拥着新绿的树枝。走在城墙上，他说他挺喜欢南京，毕业后应该还会留在南京。他问我喜不喜欢南京。“我觉得我也有点儿喜欢这里了，这主要是你的功劳。”我说。这是真话，也可能是我对他说过的最动听的一句话。这样的话或许会引起他的误会，但它毕竟是真话。我想，为什么要去担心这种意思美好的诚实的话呢？我们说着话，在那条潮湿的青黑色砖道上来回走着。在我的记忆里，这条在城市之上的、光影斑驳的路，就像一条森林之中的、通向某个秘密所在的古老而神奇的通道。

4

在这些像初春的天气那样明净、晴暖的光阴里，在这份由我们俩共同小心维护的甜蜜友情里，总有一丝焦虑像阳光里的阴影。在我心里，随着我男友到来的日子越来越近，那个问题日益急迫。我当然期待男友到来，可他呢？即使我男友不在意，我们现在的种种习惯仍然不可能继续下去，对我来说，它会被新的生活、新的人代替。可他呢？……

倒是他有时主动提及那日益临近的期限，做出一副对未来有所准备的样子。有一次，他问我："你男朋友来了以后，我们还能见面吗？"

"当然能。你可以来找我们玩儿啊，我会约你的。"我很有把握地说。我当时确信事情的发展就会如此。

那天终于到了。我男友乘坐的火车预计在当天夜里11点20分到达南京车站，我打算10点从住处附近坐车去。这些计划我当然都告诉了他，而他本来的打算是把我送上那班公交车。但等车的时候，他改变了主意，说他还是把我送到火车站里。“南京火车站很乱，这个点儿你自己去我不放心。”这是他的理由。我考虑了一下，觉得什么地方不对，说还是我自己去吧。他说：“你放心，他不会看见我的，我把你送到大厅里就离开。火车站一带真的很乱，你下了公车还得走一段。”大约是因为一种习惯性的依赖心理，我竟答应了。

等车的时候，他很沉默。坐到公共汽车上，他几乎什么话都不说了。我问他：“你为什么不说话啊？”过了一会儿，他才勉强笑了下，反问我：“你说呢？”他那种无可描述的神情和语气，让我意识到我问了一个多么没有心肠的问题。

和其他火车站一样，南京火车站确实是个乱糟糟的地方。他把我送进大厅，找到一个不太容易被人推推搡搡的角落站着。我们无法像以往那样直视着对方的眼睛、自在而坦诚地说笑。时间在沉默中走得很慢，但似乎又过得飞快。他不停看表，告诉我火车大概还有多少分钟到，好像他不停地精准地报出一个数字，我们就能从某种古怪的处境里跳出来一点儿。我由着他报那些数字。我想，我不应该让他送我来车站，我应该坚决拒绝的。但站在这里，一切都太晚了。

他这时说："还有十五分钟他就到了。我得走了，你一个人等吧。"

我看了他一眼，不知道说什么好。最后，我说："那好吧。"

"你一个人小心。"

"我没事儿。"

他沉默不语地又站了一会儿，突然拍了一下我的肩膀，说："那我走了。"

不等我说什么，他就转身走了。我看着他的背影消失在来往的杂乱人流中，突然有一种感觉，觉得我对他做了一件很可怕的、无法挽回的事。我没有想到，那是我最后一次看见他。

之后的两三周，我和男友忙于安排我们的新生活，我也开始到"新东方"上课。上课的三天，男友会陪我一起坐车去学校，然后自己在附近找家咖啡馆消磨三个小时的时间。除了上课，我们大部分时间待在住的地方，偶尔去市区闲逛。日子安定下来，闲散、悠长。那些天，我男友经常在阳台上看书、弹吉他。我很少和男友一起坐在阳台上，因为我担心看见他或是他住的那个地方。有天上午，大概11点钟，我收到他的短信，他问：“你们都安顿好了吧？我可以上去看看你们吗？”我想我的脸色都变了，不知道是怎样一股强烈的情绪，让我的泪差点儿掉下来。幸好当时我在客厅里，男友在卧室。我赶快走进洗澡间，反锁上门。我当然明白他是在怎样的情况下才给我发了这么一条短信，可我没法让他来，因为不知道出于什么原因，我至今没有对男友提起他，而且，我认为他们突然见面情况会很糟，我男友虽然温和大度，却是个细腻的人，不至于看不出一些东西，而他虽然喜欢做出一副镇定、深思熟虑的样子，却未必能掩饰得那么好……想了几分钟以后，我给他写了条短信，说我们今天刚好出门了，不在家，改天再约时间吧。我好不容易按了“发送”键，羞愧得满脸发烫。我心里很难受，因为我感觉他就在楼下，他知道我就在楼上，知道我对他说了谎。

而我那句“改天再约时间”注定是句空话，每当我希望这样做时，最后又以种种理由打消了这念头。而以他倔强的自尊心、他对我的了解，他此后再也没有发这种令我为难的短信。天气更暖了。楼后的楝树上开满一簇簇紫红色的花，使空气里飘着一种带淡淡苦味儿的香气。小街街边出现了挎着篮子卖一束束白色栀子花、茉莉花的妇女和老人，郊区的农民开始挑着箩筐卖新鲜的枇杷……我和男友在那里住了三个月，经常去菜场买菜，经常去那些熟食店、面馆、小菜馆，却一次也没有碰到过他。我怀疑他已经搬走了。

我再也没有见过他，此后也再未去过南京。年轻时忙乱、颠簸的生活过去，到了平静、安定的中年，我反而比过去更常想起他，想起南京，仿佛如今的安宁让我可以更专注于打捞一些往事的碎片，岁月的流逝又让我生出将其中那些美丽的碎片加以珍存的念头。而当你到了这样的年龄，身边会有很多遭遇过生活不幸、渐渐老去的女人。在很多时候，我听着那种对男人的酸涩、辛辣的批判，心里却总固执地保留着一种善良的看法，并且固执地觉得自己的看法是真实、公允的。我想，那是因为我遇到过真正好的男人，其中当然有他。又或许，并没有所谓真正好的人，他们只是在某个时间、某个地方，发出了一个生命真实而珍稀的光，而那光碰巧照到了你。然后，你就会像个见过“珍品”的人，不在意那些庸常之物的虚假和粗劣了。

很奇怪，我已经忘记了他的名字。但那些事、那些场景，还有他喜欢穿的那件深蓝色上衣，他说话时那种仿佛若有所思、极其专注的神情都还非常清楚。而当我想起他，最后想起的总是那天晚上他和我一起在车站等车时沉默不语的样子，以及在火车站乱糟糟的候车大厅里、他转身离去的样子……年深日久，忏悔反而更深。那无关选择的遗憾，我至今仍觉得我们彼此怀有的是一种不同寻常的友情。只是，如果时光重回，我不会让他在那天夜里送我去火车站接另一个人，也不会忽略他想来看望我的那条短信、中断和他的一切联系……那种年轻时的残忍，那些因此而犯下的再也没有机会纠正的错，深深刺痛我的心。当然，很有可能，他已经忘记了。对我来说，那倒是最让人欣慰的结果。

每当有人提到南京，我心中就会涌起一股异常温暖的感觉，随之而来的是那种复杂的感慨情绪。记忆丧失了很多东西，但似乎也不经意地保留了一些最为鲜明的细节。听到这城市的名字，那些鲜明的东西就会突然苏醒、油然升起，仿佛我顷刻间又看到了那灰绿色调的、雾蒙蒙的城市，闻到了居民区空气里那股淡淡的熟食香味，仿佛我们又在晚风里经过那个搭着透明蓝色顶棚的小菜场、沿着那条清澈的排水渠走着，仿佛我又听到那些早晨他的脚步轻快地跑上楼梯、在门口蓦然停住的声音，还有那不间断地透过窗户和阳台的、微弱的潮汐般的市声，当我们坐在那个小客厅里时，这声音往往就把我们环抱其中……每当有人说起南京，我一定忍不住说我喜欢那个城市，我曾在那里住过，我能说出很多喜欢它的理由，但唯有那个最主要的理由是我无法说的。有时，独自一人的时候，当我想到他如今也快四十岁了、不知变成了什么模样，想到我后来过得很幸福、他也应该过得很幸福，泪水竟会涌满我的眼眶。

2020年3月8日

图书在版编目 (CIP) 数据

飞鸟和池鱼 / 张惠雯著. -- 北京 : 北京十月文艺出版社，2021.4
ISBN 978-7-5302-2117-4

Ⅰ. ①飞… Ⅱ. ①张… Ⅲ. ①短篇小说—小说集—中国—当代 Ⅳ. ① I247.7

中国版本图书馆 CIP 数据核字 (2021) 第 038035 号

飞鸟和池鱼
FEINIAO HE CHIYU
张惠雯 著

出　　版 北 京 出 版 集 团
　　　　 北京十月文艺出版社
地　　址 北京北三环中路 6 号
邮　　编 100120
网　　址 www.bph.com.cn
发　　行 新经典发行有限公司
　　　　 电话 (010) 68423599
经　　销 新华书店
印　　刷 北京盛通印刷股份有限公司
版　　次 2021 年 4 月第 1 版
印　　次 2023 年 2 月第 3 次印刷
开　　本 787 毫米 ×1092 毫米 1/32
印　　张 9.5
字　　数 145 千字
书　　号 ISBN 978-7-5302-2117-4
定　　价 52.00 元
质量监督电话 010-58572393
如有印装质量问题，由本社负责调换。